星海社
FICTIONS

ネット小説家になろう
クロニクル2　青雲編

津田彷徨
Illustration／フライ

星海社

ネット小説家になろうクロニクル

津田彷徨
HOUKOU TSUDA

フライ
ILLUSTRATION

DESIGN:YUKO MUCADEYA(MUSICAGOGRAPHICS)

青雲編
2

第一話

ベコノベ作家は悪貨!? 由那の新人賞授賞式に同伴して参加したら、彼女の担当編集者を名乗る男から、理不尽で容赦のない罵声を散々浴びせられ、非常に悔しい思いをする羽目になった件について

「残念ながら、あの作品は売りものにならないな」

薄ら笑いを浮かべながら、目の前の男は冷たく乾いた声色《こわいろ》でそう口にした。

湯島明也《ゆしまあきや》。

それが由那《ゆな》の担当を名乗る目の前の男の名であった。

「どういう……ことですか……」

「言葉のままさ。前任者はあの未熟なシナリオでも評価していたようだが、あいつには本当に見る目がない。あのままだと、漫画と言うよりただのイラスト集だ。別にそれが悪いとは言わないが、彼女の才能を無駄遣いさせることが恥ずかしくて、この僕にはそんな判断はできないな」

皮肉げに右の口角を吊《つ》り上げながら、湯島さんは畳《たた》み掛けるように僕に向かってそう告げた。

受賞記念パーティの一角。

きらびやかな人たちが、思い思いの食事や飲み物を手にして談笑を交わしているその会場の片隅で、僕は目の前の男の言葉をただ受け止め続ける。

先程までは別人であった。

一人までの同伴者が認められるこの式典に、僕は由那の友人であり原作協力者として足を踏み入れ、彼を紹介されたその時までは。

彼と最初の言葉を交わした時、至って普通の男だという第一印象を僕は覚えた。

由那の新人賞受賞作を褒《ほ》め、そして次の原稿への期待を口にする。

隣でその言葉を耳にしていた僕は、賞賛される彼女を目の当たりにして、友人としてただ誇らしい気分を抱いていた。

そして彼女が受賞者として、表彰式に参列するため席を外したところで、突然眼前の男は牙《きば》を剝《む》く。

そう、同伴者であり、彼女の漫画原作を書いたこの僕に向かって。

「貴方《あなた》は、僕にどうしろと言うのですか、湯島さん」

「勘違いしないでほしいな。君ごときに何かをしろとは言わないさ……いや、それも違うか。訂正しよう、何もしないでくれたまえ。最高の素材を、実力のなき者によって汚《けが》されるのは耐《た》え難《がた》い侮辱《ぶじょく》だからね」

男の表情にいやらしい笑みが浮かび、ほんのわずかにアルコールの混じった息が吐き出された。

僕は眼前の男の悪意のようなものに対し、どう対処すればいいのかわからず、ただただ戸惑いだけを覚える。

「……僕に言われましても、正直困ります。彼女の原作を手伝うと、僕から持ちかけたわけではありませんから」

「ふぅん……そうか。ならば、なおさら好都合だ。君は何もせず、そのままおとなしくしておいてくれ。彼女にふさわしいパートナーは、この私が責任を持って用意するのでね」

「……彼女の意見を聞くことなく、貴方だけでそれを決めるつもりですか？」

向けられ続ける理由のわからぬ悪意。

それを受け止める中で、僕の胸のうちに芽生《めば》えたある種の感情を、目の前の男に向かい投げかける。

途端《とたん》、男の顔にははっきりとした侮蔑《ぶべつ》が浮かび上がった。

「これだから友達ごっこで作品を作っているアマチュアは……何か勘違いしているようだから、はっきり言っておこう。君ごときが商業をやってはいけないよ。たった三十二ページの作品さえ、満足にシナリオ構成ができていないのだからね」

「構成……ですか」

「ああ、構成さ。ベコノベとか言うアマチュア共のままごとサイトで、少しばかり人気を博しているから勘違いしたんだろう。しかしまあ、あそこは本当にひどいものだ。自らの実力不足を知ることなく、勘違いした人間を次々生み出しているわけだからな。そんな君が一端《いっぱし》の作家気取り？　はっ、反吐《へど》が出るな」

男はそう言い切ると、完全に見下す視線を向けてくる。

僕は悔しさのあまり、いつの間にか自らの拳《こぶし》を握りしめていた。

「僕には貴方を満足させられる力がないかもしれません。でも、それだけでベコノベをわかったつもりになるのは、ちょっと待ってもらえませんか」

「おやおや、僕の意見がご不満だったかい？　でもね、正直少なくないんだよ。君たちのようなアマチュアが、プロの土俵《どひょう》を荒らすことで迷惑している人間はね」

「それはダメなことなんですか？」

「ダメに決まっているさ。君たちの低レベルな作品が市場に蔓延《まんえん》することで、僕たちプロが作る作品までもが同じレベルだと思われかねない。君たちが内輪《うちわ》で勝手に遊んでいるうちはどうでも良かったが、今やベコノベのせいで業界全体が迷惑している。つまり悪貨《あっか》はそれ自体が罪なのだよ」

それはおそらく、目の前の男の本心なのだろう。

湯島という名の男は、薄ら笑いを浮かべたまま、全く躊躇《ちゅうちょ》することなく僕にそう告げた。

途端、僕は堪《こら》えきれず反論を口にしかける。

「ですが、『アリオンズライフ』のような——」

「君さ、恥ずかしくないのかい？　他人の作品で言い訳をすることがさ。しかもよりにもよって山川修司《やまかわしゅうじ》か。死んだ人間は業界になんの益《えき》ももたらしてくれない。まあその意味では、これ以上僕らの邪魔をしないから無害とも言えるけどね」

僕の言葉を遮《さえぎ》る形で、湯島さんは侮蔑混じりの言葉を口にする。

僕はもう限界だった。これ以上この空気に耐えることに。

だからやむを得ずこの場から立ち去ろうと考えた瞬間、突然背後から野太《のぶと》い声がこちらへと向けられる。

「おや、湯島くんじゃないか」

「……東《あずま》編集長。ご無沙汰《ぶさた》しております」

先程までとは一変し、湯島さんは苦虫《にがむし》を嚙《か》み潰《つぶ》したような表情を見せながら、軽く頭を下げる。

一方、東と呼ばれた恰幅《かっぷく》の良い壮年《そうねん》男性は、軽く首を傾《かし》げながら、目の前の男に向かって疑問を口にした。

「一体、こんなところでどうしたのかね。確か前任の山辺《やまべ》君から引き継いだ新人作家が、今から表彰されるところだと思うが」

「いえ、その担当作家のご友人に、ちょっと挨拶《あいさつ》をしていただけですよ」

表向きは極めて丁寧に応対しながらも、不快感が湯島さんの表情には表れていた。

一方、そんな彼を目の当たりにしながら、恰幅の良い壮年男性は特に気にした素振《そぶ》りも見せず、その視線を僕へと向けてきた。

「ほう、そうかね。失礼、コミックレーン編集部の東と言います。彼は先日までうちの部署で働いてましてね」

東さんはそう口にすると、胸ポケットから一枚の名刺を取り出す。

それを目の当たりにして、僕は津瀬《つぜ》先生に勧められて慌《あわ》てて用意してきた名刺を取り出す。そしてややもたつきながらも、東編集長と名刺交換を行った。

「どうも、黒木昴《くろきすばる》と言います」

「黒木君ですか……ああ、ベコノベ。確か最近流行《はや》っているネット小説投稿サイトだね。次々と有望な新人が出て勢いがあり、あそこから出版された作品はよく売れていると聞いているよ」

僕の名刺に記した肩書はベコノベ作家。

それを目にした東さんは、ニコリと笑いながら全く含むところのない声でそう口にする。

正直言って、僕は初めて足を踏み入れるこのパーティ会場と、そして真正面から悪意をぶつけてくる男によって、ずっと体をこわばらせ続けていた。

しかしながら、目の前のふくよかな男性の全く悪意のない言葉と笑みを前にして、僕は初めて弛緩《しかん》した息を吐き出す。

だが、僕と東さんの間で生み出された空気を、嫌悪《けんお》する者が直《す》ぐ側《そば》に存在した。

「東編集長。受賞作家の下へ向かいますので、私はこれで」

軽く頭を下げた後に、その場から立ち去ろうとした彼は、僕の側を通りかかった時にそっと耳元で呟《つぶや》く。

「一つだけ言っておく。君たちみたいなＷＥＢ作家は、所詮《しょせん》一山《ひとやま》いくらの捨て駒《ごま》だ。代わりなんて、吐き捨てるほどいるんだよ。間違っても勘違いはしないように」

第二話

ライバルは人気漫画原作者!? 授賞式で僕を嫌っていた編集者が早速僕の代わりの原作者を用意しようとしてきたのだけど、その人物がドラマ化も噂される人気医療漫画の原作者だった件について衣山市《きぬやま》。

人口数万人規模の比較的こぢんまりとしたベッドタウンであり、僕たちが生まれ育った街である。

繁華街《はんかがい》らしい繁華街と言えば、駅の近くにある映画館と併設された小さなショッピングモール程度で、あとは小さな個人経営のお店がポツポツと言ったところか。街で一番目立つ建物と言えば、駅前に建っている分不相応《ぶんふそうおう》なタワーマンションくらいで、正直言って特に目を引くような娯楽《ごらく》などは存在しない。

だから夏休みの時期に入ると、映画館のそばに存在するカフェに、行き場のない高校生の姿が目立ち始めるのは、ある種、仕方のないことだろう。

まるで学校に来たかのように見知った顔が多い店内。

そのオープンテラスの一角で、僕と灰色の男は暑さに蕩《とろ》けそうになりながら、目の前のアイスコーヒーをすすっていた。

「はぁ……」

「どうしたんだよ、溜《た》め息ばっかりついてさ。暑さで頭がやられちまったか？」

「いや、去年はこの太陽の下でサッカーをしてたんだよ。それに比べれば、ここは天国だって」

そう、去年のこの時期は、強化合宿と題して朝から晩まで、ボールを追いかけていた。

それが一年経《た》てば普段は自室に引きこもり、こうしてたまに外に出れば、灰色の男と冷たいアイスコーヒーをすする日々である。

環境は変わるものだとはいえ、一年前の時点では、自分の今の姿はとても想像さえできなかっただろう。

特にサッカー選手ではなく、自分が小説家への道を歩んでいるなどとは。

「こんな暑い中、ほんとよくやってたよな俺たち。しかし、暑さが原因じゃないとすると、なにが原因だ。原稿が行き詰まってるのか？」

「一応、『転生英雄放浪記』のストックはなくなっちゃってるけどさ、今は大丈夫だよ。更新ペースを週二回くらいにしているしね」

ネット小説投稿サイトであるBecome the Novelist、通称ベコノベで僕は現在一本の小説を連載している。

作品名は『転生英雄放浪記』。

世界の危機を救った英雄が用済みとして暗殺され、死んだ直後に別世界に転生し二度目の人生をやり直す物語である。

僕にとって二作目となるこの小説は、ベコノベのランキングを駆《か》け上がり、出版社から書籍化の提案を頂くことができた。それは間違いなく、目の前の灰色の髪をした友人たちと、ベコノベの読者さんがあってのものである。

この『転生英雄放浪記』に関しては、この高校最後の夏休みが明けて秋ごろに、出版元になる予定のシースター社の編集者さんと打ち合わせを行い、今後の改稿や出版の予定を相談する手はずとなっていた。

「確かシースター社の人からは、更新だけはできる限り安定して続けておいてくれって言われているんだっけ？」

「うん。ネット小説を売り出す場合、更新を続けることが一番の宣伝みたいだからね。僕の作品でも毎日四千人以上が見に来てくれているしさ」

ランキングを駆け上がって以降は、少し更新速度は落としたものの、未《いま》だに毎日数千人の方が僕の小説を読みに来てくれて、一日のアクセス数は三万をゆうに超える。

元々ネットにはそれほど詳しい方ではないけど、これはそれなりの数だそうだ。

「四千か……しかもその小説に興味がある四千人だろ、出版社の人がそう言ってくるのもわかる気がするな。昴に書かせるぶんには宣伝費もかからねえしさ。で、『転生英雄放浪記』のことじゃないなら、何に溜め息をついてるんだ？」

「……先週の件だよ」

優弥《ゆうや》に問いつめられた僕は、苦い記憶を呼び起こしながら、ボソリとそう告げる。

途端、優弥は眉間《みけん》にしわを寄せながら、信じられないとばかりに首を小さく振った。

「まさかこないだのパーティのことか？　おいおい、何が不満なんだ。良いもん食えただろうし、ホントは俺があいつの同伴で行きたかったくらいなんだぜ」

「そりゃあ、良いものは食べたけどさ……なんと言うか、全然味わっては食べられなかったよ。いかにもお上《のぼ》りさんって感じだったしさ」

「お上りさんねぇ。で、有名マンガ家のサインとか貰《もら》えたのか？」

優弥は目を輝かせながら、僕に向かってそう問いかけてくる。

「ムリムリ。とても同伴の僕が話しかけられる空気じゃなかったし、第一、僕は漫画にそんな詳しくないし」

「猫に小判、犬に論語だな。まったくたった一人しか同伴できないってのに、なんで物の価値がわからないやつを連れて行くかなぁ」

「いや、一応ほら。原作っぽいのを書いたのは僕だしさ」

士洋社《しようしゃ》漫画新人賞を受賞した『悪役令嬢《れいじょう》に転生したけど、仮面の貴公子《きこうし》始めました。』の原作は、確かに僕が書いたものである。もちろん、目の前の灰色の男にもアイデア出しは手伝ってもらったのだけれど。

「でもさ、せっかくのパーティだぜ。言うなれば、天皇杯《てんのうはい》の決勝みたいなもんだ」

「いや、ちょっと喩《たと》えが大きすぎないかな」

日本国内のサッカートーナメントで最大の権威を誇る大会。

その天皇杯を喩えに出してきた優弥に対し、僕は思わずツッコミを口にする。

「いいんだよ、こんなのは大きいくらいで。大は小を兼ねるって言うだろ」

「こんな時に使う言葉だっけ？」

「ともかくだ、お前は天皇杯の決勝に出ておきながら、ボールも蹴らずに退場してきたわけだ。ちょっとは反省しろ」

「いや、サインを貰うことは別に試合じゃないし……退場させられかかったのは事実だけどさ」

優弥に対して反論を口にしかかったところで、思わず苦い記憶が僕の脳裏《のうり》を過《よぎ》る。

そんな僕の言葉を耳にした優弥は、途端に訝《いぶか》しげな表情を浮かべた。

「退場させられかかった？　昴、お前一体なにやらかしたんだ？」

「別に僕が何かやらかしたわけじゃなくて、こう、嫌われていたと言うか……」

「嫌われてた？」

「うん。なんと言うか、ベコノベ嫌いの人がいてさ……いや、由那の担当なんだけど」

部署異動の関係で、急遽《きゅうきょ》由那の担当になったと口にした湯島という名の編集者。

彼は僕に向かって、はっきりと告げてきた。ベコノベはアマチュア共のままごとサイトだと。

一方、僕がパーティで直面した出来事を聞いて、優弥は眉間にしわを寄せる。

「うわ、マジかよ。天皇杯の試合中に、審判に嫌われてマークされてるようなものじゃん」

「あのさ……一度、天皇杯から頭を離そうよ」

なぜそんなに天皇杯の喩えが気に入ったのだろうか。

その理由がわからず、僕は呆《あき》れた表情を浮かべながらそう勧告する。

すると、優弥は軽く顎《あご》をさすりながら、より悪化した喩えをその口にした。

「じゃあ、ワールドカップの決勝が良いか？」

「それも違うと思う。と言うか、もう少し身近な感じでさ」

「なら、クラス対抗の球技大会くらいにするか」

その優弥の言葉に僕は思わず脱力する。

いや、気を遣って冗談を口にしているだけかもしれないけど、そのあまりな喩えに僕はやや投げやりな気分となった。

「一気に至近距離になったね……まあ、もう何でもいいけど、ともかく邪魔するなって言われたよ」

「初対面で？」

「うん、初対面で」

それも担当作家である由那がいなくなり、周りに僕らの会話を聞くものがいなくなった途端にである。

「でもさぁ、プロでやっていく心構えみたいなものを、そいつは言ってきただけなんじゃねえの？」

「どうかな。由那に対する態度とは明らかに違ってたし……」

直接の担当ということもあり、ただの同伴者である僕と対応が異なること自体は、十分にありえる話だと思う。しかしそうだとしても、明らかな敵意まで向けられたことは、正直言って理解できなかった。

そんな風に、僕が悩みながら黙《だま》りこんだタイミングで、優弥は明るい笑い声を上げる。

「はは、まあでもあれじゃね？　あいつはさ、あんなのでも一応女性だからな」

たぶんそれは、僕を気遣って場の空気を替えるための発言だったんだろう。

でも間が悪いことに、待ち合わせをしていたもう一人の人物は、そんな彼の発言を耳にすることとなった。

「あら、あんなのとは、一体誰のことかしら？」

「げ、由那！」

いつの間にか優弥の背後に歩み寄っていた由那は、優弥の頭を右手で摑《つか》むとまったく手加減することなくその手に力を込める。

途端、優弥の表情は痛みによって歪《ゆが》んだものとなっていった。

「ギ、ギブギブ。って言うか、背後からいきなりアイアンクローとか、お前は悪役レスラーか？」

「どう見たらこの私が悪役レスラーなの？　ホント意味がわからない」

「その見た目に似合わぬ握力……いや、なんでもないぜ。うん」

由那の手が再び自らの頭に迫ろうとしている事に気づいた優弥は、慌てて後ろにのけぞりながら、ごまかすようにそう口にする。

そんな二人を目にして僕はクスリと笑うと、遅れてやってきた金髪の少女に向かいねぎらいの言葉をかけた。

「はは。ともかくお疲れ様、由那。今日入れてた予備校の講義は全部終わり？」

「ええ。それよりも昴。あなた、邪魔するなって湯島さんに言われていたの？」

「えっと……まあね」

あの日のことを僕は由那に告げてはいなかった。

それはこれから彼女が付き合っていく担当編集者の悪口を言いたくなかったこともあるが、それ以上に当日の由那があちこちで引っ張りだこで、とても話す余裕がなかったことが一番の理由であった。

受賞者としてのスピーチから始まり、大御所《おおごしょ》作家さんに声をかけられたり、出版社の編集さんどころか役員方《がた》に挨拶されたり。

もちろんそれは新人賞を取ったからこそではあったが、彼女のこの整った容姿が、きっとそれに輪をかけさせたのは間違いないところであろう。

一方、そんな僕の考えを知らぬ由那は、不服そうに僕に向かって頬《ほお》をふくらませた。

「なんで教えてくれなかったのよ、もう。でも、それでなんとなく理由はわかったわ」

「理由?」

由那の言葉に引っかかりを覚えた僕は、彼女に向かいそう問いかける。

すると由那は、こめかみに軽く手を当てながら、やや苦い口調で話し始めた。

「昨日メールが来たのよ。原作者はこちらで用意するから、あのベコノベ作家と手を切れって」

彼女のその言葉はある種、予想通り。

だが予想通りであったものの、僕にとっては充分に衝撃的だった。それ故《ゆえ》に、思わず言葉を失う。

すると気を利《き》かせた優弥が、彼女に向かって僕の口にしたいことを代わりに問いかけてくれた。

「マジかよ……で、お前はそれを受け入れたわけ?」

「そんなわけないでしょ。だいたい昴がいなければ、新人賞なんて取れなかっただろうし……」

「じゃあ、断ったんだな？」

「一応はね。でも……」

由那の優弥に対する返答は、些《いささ》か弱々しいものであった。

だからこそ、優弥はすぐに彼女に向かって問いなおす。

「でもなんだってんだ？　やっぱり内心はプロの原作者に書いてもらいたいわけ？」

「そんなつもりはない、見損《みそこ》なわないでよ。ただ湯島さんが、引き下がってくれなかっただけ。絶対に満足する原作者を用意するから、一度会ってみろって」

やや戸惑いを隠せない表情を浮かべながら、由那はその事実を口にする。

彼女の告げた言葉が意味するところ。

それに気づいた僕は、彼女に向かって一つの可能性を尋ねた。

「絶対に満足する原作者……もしかしてプロの人かな？」

「うん……たぶん漫画好きなら誰でも知ってるってことは、って思う」

「漫画好きなら知ってる？　誰なんだ、音原《おとはら》」

由那の言葉を聞いて、優弥はすぐさま問い返す。

すると彼女の口から、一人の人物名が告げられた。

「神楽蓮《かぐられん》」

「なるほど神楽蓮ときたか……」

その名を耳にした瞬間、優弥はいつものヘラヘラした笑みを消し去ると、苦い表情を浮かべる。

一方、僕にとってはその名前は全く聞き覚えのないものだった。

「あの……結構有名な人?」

「そうね。ドラマ化されるんじゃないかって話題になってる人気漫画の原作。それを書いているのが神楽蓮だって言ったらわかるかしら?」

「ドラマって、えっと、あの俳優さんがやっているようなあのドラマ?」

自分でも馬鹿げたことを口にしているという自覚はある。でも、目の前に立ちはだかろうとする存在のあまりの大きさに、僕はそんな当たり前のことさえ、尋《たず》ねなければ確信が持てなくなっていた。

しかしそんな僕に向かい、優弥はあっさりとただ事実だけを口にする。

「他にドラマがあるかよ。前にお前に薦めたことあるだろ、『フレイル』って漫画。あの放射線科医を主役にした漫画の原作者が、まさにその神楽蓮だ」

「え……もしかしてコミッククレーンで連載しているあの医療漫画?」

漫画のタイトルを耳にした瞬間、僕はようやくその作品が脳裏に浮かび上がる。

『フレイル～神を見通す放射線科医・夏野《なつの》仁《じん》～』

それはこれまでの医療漫画ではあまりスポットライトを浴びてこなかった放射線科医を主役にした作品である。主人公である放射線科医はレントゲンで体の内部を浮《う》き彫《ぼ》りにするように、病院と日本における医療の暗部を彼の目を通して明らかにしていくという一風変わった医療漫画であった。

「ああ。五巻までしか発売してないのに、瞬《また》く間にシリーズ累計五十万部を超えたって宣伝しているアレだ。しかし……」

優弥はそこまで口にしたところで思わず言葉を失う。

由那の作品の原作者の座をめぐって対峙《たいじ》するかもしれない人物。

その人物があの『フレイル』の作者という事実を前に、僕らはそれ以上の言葉を完全に失ってしまった。

第三話

ベコノベ読者を信じろ!? 人気原作者に挑むにあたり、まったく自信を持てずにいた僕に対して、信じるべきはベコノベで応援してくれている読者さんたちだと、親友である優弥が教えに来てくれた件について

「お兄ちゃん、お客さんだよ」

「お客さん？」

突然一階から届いてきた妹の声に、僕は首を傾げる。

今日は予備校の予定もなく、朝からお昼前となるこの時間まで、僕はずっと原稿と向き合っていた。

それはもちろん、誰かと会う約束などなかったからである。

「なんだ、優弥か」

階段を降りて玄関へと視線を向けた僕は、いつもながらのラフな格好をした恵美《えみ》の背後に、見慣れた灰色の男の姿を見た。

「なんだはないだろ。今日は予備校がないって聞いてたから、わざわざ遊びに来てやったんだぜ」

「予備校がなくても、原稿が忙しいんだけど」

「まあそう言うなよ。というわけで、ちょっと上がらせてもらうぜ」

そう口にするなり、全く遠慮する様子も見せず優弥は靴を脱ぐ。そして恵美からスリッパを受け取ると、そのまま躊躇なく家の中へと上がり込んできた。

「はぁ、まったく」

手慣れた対応をする恵美と、まるで自宅に帰ってきたかのような振る舞いを見せる優弥。

そんな二人に呆れながら、僕は一つ溜め息を吐き出す。

「へへ、邪魔するぜ」

「仕方ないなぁ。じゃあ、とりあえずついてきてよ」

僕がそう口にして階段を登り始めると、優弥は後へと続いてくる。

すると、そんな僕たちの背に向かい、恵美が声を投げかけてきた。

「ねえ、お兄ちゃん、ユウ君。アイスいる？」

「恵美ちゃんは気が利くなぁ。もらうもらう」

流石《さすが》に夏真っ盛りであり、ひたいに汗が滲《にじ》んでいる優弥は、一切遠慮することなく返事をする。

僕は軽く頭を掻《か》くと、目の前の図々《ずうずう》しい友人に呆れながら、敢《あ》えてかぶせるように口を開いた。

「いいよ、恵美。優弥相手に気を遣わなくてもさ。水道水で充分だからさ」

「了解。任せといて」

そう口にした恵美は、パタパタとリビングに向かって歩き去っていく。

それを目にして、優弥は僕に向かって問いかけてきた。

「お、おい昴。恵美ちゃんはどっちの意味で了解したんだ。アイスか水道水か」

「さあ、あいつの事はいまいちわからないからなぁ……ま、あんまり気にしても無駄だよ」

僕はそれだけを告げると、そのまま部屋へと戻る。

「相変わらず、地味な部屋だなぁ」

僕の後に続く形で部屋に入ってきた優弥は、手近な座椅子《ざいす》に腰掛けながら、苦笑交じりにそう呟いた。

「そう？　普通だと思うけど」

「いつも思うんだけどさあ、やっぱ普通の部屋過ぎるんだよ。お前さあ、俺たち高校三年だぜ。一つくらいアイドルのポスターが貼ってあってもいいだろうに」

「アイドルなんてよくわからないし、そう言われてもね。一応、歴代のバロンドール選手のポスターならあるけど？」

軽く頭を掻きながら、サッカー雑誌の付録としてついていたヨーロッパ年間最優秀選手のポスターのことを、僕は優弥に向かって口にする。

すると、優弥は軽く肩をすくめ、やや呆れた素振りを見せた。

「なんと言うか、その辺がお前だよな。でも、なんで貼ってないわけ？」

「見てると、またサッカーがやりたくなるからね。だけど嫌いになったわけじゃないから、押し入れに仕舞ってるってとこかな」

「そっか。まあ昴ならそうだわな」

優弥は苦笑を浮かべながら、納得したように二度頷《うなず》く。

そんな彼の反応を前にして、僕もつられるように苦笑を浮かべた。

「はは、まあね。で、今日は何の用なの？」

「別に理由はないって言いたいところだが、昨日の『転生英雄放浪記』を読んでな、だからここに来たってのが正直なところか」

「放浪記を読んだから……か」

優弥のその言葉と口調から、彼が僕の内心を見透《みす》かしていることを理解した。

そしてそれを肯定するかのように、彼は僕に向かって意味ありげに小さく首を振る。

「昴、お前が一番わかってるだろ？　昨日の『転生英雄放浪記』は放浪記であって放浪記じゃない。同じ人間が書いているにもかかわらず、まるで別人が書いたみたいになっちまってたぜ」

「……いつも通り書いたつもりなんだけど、やっぱりわかっちゃうものなんだね」

僕は降参《こうさん》だとばかりに軽く両手を上げる。

それを目にして、優弥は軽く頷くとその理由を口にした。

「主人公であるアインのテンションが、明らかに低かったからな。元々、そんな派手に動くキャラじゃないが、なんて言うか作者のメンタルを反映している感がアリアリでさ。正直読んでてキツかったよ」

「筆の進みは確かに悪かったかな……一応、自分でも読み返した時に、気づいたところは直したつもりなんだけどさ」

そう、明らかに昨日の投稿は難産だった。

いつもなら一時間に二千から三千字くらい書けるのが、昨日はその半分の速度にも満たず、結局七時間近くモニターと向き合い続けたのである。もしスランプというものがあるのなら、たぶんこんな感覚なのだろうなと僕は感じていた。

「まあそんなもんだろ。ある程度寝かしてから見なおせば別だろうけど、放浪記みたいに更新速度が速い作品だと、なかなか冷静に自分の原稿を見られるもんじゃないさ。だからこそお前には俺がついてるわけだし、こうやって遊びに来てやったんだろ」

「それは、うん……そうだね」

「で、結局何が引っかかってるんだ？　と言っても、どうせ漫画原作の件だろうが、音原はお前と組んで描きたいって言ってるんだ。これ以上、お前が気にすることじゃないだろう？」

昨日の集まりで出た結論は、やはり僕の原作をもとにして、由那は漫画が描きたいというものであった。

だからこそ、もう一度彼女は湯島さんとメールで相談することになっている。

ただ先日会った時の印象から、それが素直に受け入れられるかに関しては、些か難しいのではないかと僕は思っていた。

「それはそうなんだけどね。でも僕の原作にこだわったせいで由那がデビューできなかったら、どうしようかと思っててさ……編集さんがいい顔しないのはまず確実だろうしね」

「おいおい、お前の原作であいつは新人賞取れたんだろ？」

「だけどさ、由那の作品を推した人は部署異動でいなくなっちゃったみたいだし、人が変わると同じ評価がもらえないのは仕方ないよ」

そう、原作を評価してくれた編集さんは異動となり、今は編集部にいない。

その代わりとなった人物こそ、あの湯島さんその人であった。

「なんか納得できねえよな。だいたいだ、お前も書籍化が決まってるんだから、ある意味プロみたいなもんだろ。もっと胸張って自分のことを主張しろよ」

「主張って言っても、僕は所詮ベコノベ出身だし、まだ本も発売されてないしさ……」

ベコノベ出身で、まだ本の発売が正式には決まっていない宙ぶらりんな立場。

それが現在の僕の立ち位置であり、ドラマ化が噂《うわさ》されるような原作者と、とても横に並べるだけの自信はなかった。

しかしそんな僕の発言を、優弥はやや不満そうにたしなめてくる。

「情けないこと言うなって。それとベコノベ出身だってこと自虐《じぎゃく》に使ってくれるなよ。自分の好きなサイトが、バカにされてるみたいでやな感じだからさ」

「そっか……それは確かにそうかも」

「だろ。と言うかさ、お前らしくねえよ。サッカーの試合でもさ、相手が強豪のほうが燃えるタチだったろ？」

「確かにそうだったよね。うん……なんでだろ」

確かに優弥の言う通りだ。

これまでの僕なら、この逆境を楽しむとは言わないまでも、挑戦者として意欲を新たにするのが普通であった。しかしながら、人気原作者が相手だというそれだけで尻込《しりご》みするのは、本当に欠片《かけら》も僕らしくない。

すると、そんな混乱する僕に向かい、優弥ははっきりとその原因を口にした。

「理由は多分アレだな。練習不足だな」

「練習不足？」

何のことを言っているのかわからず、僕はすぐさま問い返す。

「ああ。お前ってさ、サッカーの試合に挑《いど》む時、積んできた練習を自信にするタイプだったろ。きつい合宿の後とか、逆にいきいきとプレイしてたよな。つまりはそういうことだ」

「要するに、小説家として自信になるだけの練習ができてないってことかな」

「その通り。実際さ、小説を書き始めてまだ二ヶ月足らずなわけだぜ。基本的な積み重ねが全然ないから、余計に不安に思うんだよ」

優弥のその言葉。それを聞いてなるほどと頷かざるを得なかった。

練習でできないことは試合でできない。

だからこそ、周りからファンタジックに見えるような高難度のプレイがしたいなら、それをミスなく行えるだけの練習をきちんと積み重ねておく。

それが僕の信条であり、ある意味では試合に挑むに当たっての自信の拠《よ》り所となっていた。

しかしながら小説家としての僕には、そんな自分の自信になるような土台が存在しない。

逆に言えば、自信がつくまでにどれだけの積み上げが必要になるか、そう考えると自分のことながら気が遠くなった。

「確かに優弥の言う通りだね……でもそうなると、小説家として自信が持てるには、まだまだ頑張ってからじゃないと無理ってことかな」

「基本的にはな。だけど、練習以外を信じることができたら違うんじゃないか？」

優弥は薄く笑いながら、僕に向かってそう告げる。

その意味がわからなかった僕は、首を傾げながら改めて問いなおした。

「練習以外を信じる？」

「そうだ。さっき、ベコノベ出身だってことをまるで恥ずかしいみたいに言っただろ。だけどさ、逆に考えてみろよ。ベコノベにいたから、お前はたった二ヶ月でここまでこれたんだ。そんなベコノベの環境を信じてみろってことだよ」

「ベコノベの環境か……それはランキングシステムなんかも含めての話だよね」

「ああ、その通りだ。ベコノベのシステム。その中でもランキングはコアの一つだからな。実際さ、何万、何十万っていうベコノベの投稿作と戦いながら、お前はあのランキングを駆け上がったんだぜ」

「それは、確かに……」

確かに優弥の言う通りだ。僕はたくさんの作品がひしめくランキングを戦ってきた。結果として書籍化という一つの形を得たことはもちろんだけど、それ以上に作品の中身と、ランキングを如何《いか》に駆け上がるかを常に考えながら走り続けたことは、僕にとって一つの誇りとなっている。

「だろ。しかも、普通の新人賞作家は、編集者や出版社以外には誰の後押しも受けることができない。でもお前には、既にお前の作品が好きな読者が付いてくれている。それがベコノベ書籍化組の強みでもあるわけだが、もし自分が信じられなくてもさ、お前を応援してくれている読者の目を信じてみろよ」

「読者さんの目か……うん、そうだね」

「商業作品と違い、ベコノベは全て無料。本を一冊買うのと違い、何処《どこ》で物語を読むことをやめようが、読者は後悔したりなんてしない。もちろん時間を損したとは思うかもしれないけどな。そんな環境下で放浪記を読み続けてくれている人たちは、お前の自信にするには不十分な存在なのか？」

その優弥の問いかけ。

それに対する僕の答えは一つしかなかった。

「そんなことないよ。うん、そうだよね。ごめん優弥、僕が間違ってたよ。もう、所詮ベコノベ出身なんて言わない」

「ああ。そうしろそうしろ。むしろ人気原作者って奴に、ベコノベ出身の力を見せつけてやれ」

僕の返答を受け、優弥はニンマリと笑うと、敢えて軽い口調でそう煽《あお》ってくる。

「はは、たった二ヶ月でベコノベの代表ヅラなんてできないし、見せつけるとは言わないさ。でも僕はやってみるよ」

「へへ、いつものおまえが戻ってきたな。よし、じゃあ担当編集としての任務終了だ。というわけで、俺は帰るぜ」

満足げな笑みを浮かべた優弥は、それだけを口にすると、スクッと立ち上がる。

そしてそのまま部屋から出ていこうとする彼を目の当たりにして、僕は慌ててそのシャツの裾《すそ》を摑んだ。

「ちょっと待ってよ。僕を励ますためだけにわざわざ来てくれたの？」

「さて、どうだかな。ただまあ、午後から俺はバイトだからさ」

照れ笑いを浮かべながら、優弥は僕の制止を振りきって再び部屋を立ち去ろうとする。

すると、そのタイミングで部屋の外からノックなしに、一人の女性が中へと入り込んできた。

「お兄ちゃん、それとユウくん。お待た……せ……」

そこに姿を現したのは、お盆を片手にした恵美だった。

彼女は僕と優弥の姿を目にすると、空いた右手で思わず口元を押さえる。

「……え、何、そんな関係だったの二人」

「「違う！」」

そうして恵美への弁明のため、優弥はアイスバーが溶け、コップに注がれた水道水が生ぬるくなるまでの間、僕の部屋に残ることとなる。

後日、バイトに遅れたことの苦情をぶつけられることになったが、あれを僕のせいにするのは些か理不尽《りふじん》だと、正直思わずにはいられなかった……

第四話

打ち込むべきは二発の弾丸!? 漫画原作権を勝ち取るために編集部へと乗り込むにあたって、現在の状況をひっくり返すための二つの弾丸を、津瀬先生から持っていくように勧められた件について

「ふむ、少し気になっていたが、その様子なら大丈夫そうだな」

予備校での個人講義の時間。

担当チューターであり、そしてベコノベの先輩書籍化作家でもある津瀬先生から最初に掛けられたのは、まさにそんな言葉だった。

「えっと、何のことですか？」

「君のことだよ。前回の『転生英雄放浪記』を読ませてもらったものでね」

津瀬先生のその発言に、僕は彼が何を言わんとしているのかようやく理解する。

「ああ……優弥にも同じことを言われましたよ。やっぱり、そんなに文章に出ているものですか？」

「どうだろう。でも私も彼同様に、普段の君とそして君の作品の両方を知っているからね」

そう口にして、津瀬先生は胸ポケットから取り出したタバコに火をつける。そして一度煙を吐き出したところで、彼は再びその口を開いた。

「だから、もし腑抜《ふぬ》けた顔でやってきたら、君の読者のためにも少し小うるさいおじさんになろうかと思っていた。彼らはいつもの君の作品に期待しているのだからね。でも、どうやらその必要はなさそうだ」

「はは、でも既に優弥から駄目だしされたのは事実ですよ」

昨日の優弥の言葉を脳内で反芻《はんすう》しながら、僕は苦笑交じりにそう告げる。

すると、津瀬先生は満足そうに大きく一度頷いた。

「ふむ、良いことだ。そういう友人は得難《えがた》いものだからね。で、結局理由はなんだったのかね。もちろん話せる内容でなければ結構だが」

その津瀬先生の問いかけを受け、僕はどう説明したものか一瞬迷いを覚える。だが、この人以上に頼ることのできる人物はいないと考え、僕の直面している悩みを端的に口にした。

「実は由那が描く漫画の原作を、僕ではなく別の人が書くという話がありまして」

「由那？　……ああ、音原くんのことか。そう言えば、彼女は漫画家志望なんだったな。確か新人賞を取ったと聞いたが」

「はい。それでデビューにあたり、僕が書いていた原作をなかったことにして、有名な原作者の書いた別のものに変更したいと、そんな意向があるみたいで……」

苦い表情を浮かべながら、僕は突き付けられた現状を先生に告げる。

途端、津瀬先生は顎に手を当てると、確認するように僕に問いかけてきた。

「それは彼女の意思かい？　それとも出版社の要望かな？」

「出版社の担当編集さんの意見です。当初担当になる予定だった方が、急な人事異動でおられなくなり、代わりに引き継いだ方がどうもベコノベ嫌いだったようでして」

「ベコノベ嫌いか。確かにチラホラとそんな話は聞くが、まさか君が関わることになるとはね」

軽く下唇を嚙みながら、津瀬先生はそんなことを口にする。

考えもしていなかった先生の言葉に、僕は驚きを隠せなかった。

「え、じゃあ珍しくはないんですか？」

「さすがに漫画の方までは知らないが、ベコノベの存在をあまりよく思っていない編集者や小説家がいるとは聞いている。幸い私自身は出会ったことはないが、友人の書籍化作家は色々と苦労したみたいでね」

「そうなんですか。やっぱりあるんですね」

僕だけの問題ではない。

そう知ったところで、なぜか無性《むしょう》に悔しさと悲しさがこみ上げてきた。

だがそんな感傷的になった僕に対し、先生は極めて冷静な口調で、僕らとは別の観点からの指摘を行ってくる。

「ああ。だが正直言って、彼らの言い分にもわかる点はある。これまでは各出版社やレーベルが開く新人賞を受賞し、商業作家としてデビューするのが一般的な筋道だった。それを突然、アマチュアが横から商業の世界に割って入ってきたようなものだ。ペリーの黒船がやってきた時に、果たして江戸の人々は喜んだかい？」

「つまりあくまでも僕らが異邦人《いほうじん》というわけですね」

ベコノベというサイトに対する偏見のせいではないかと思っていた僕に、ベコノベと対峙する側の視点は存在しなかった。

言われてみれば確かに頷ける話である。

もともと商業の舞台に住んでいる先住者たちにとって、僕らは突然やってきたよそ者でしかない。だから仮に嫌わなかったとしても、わざわざ喜んで迎え入れる必然性など、欠片も存在しなかった。

「異邦人か……確かにその通りだな。大体だ、ベコノベから商業に作品が進出せずとも、無料のネット投稿サイトの存在自体が、不都合だと思う者もいるだろう。私の友人はグレシャムの法則になぞらえて罵倒《ばとう》されたらしいがね」

「グレシャムの法則？」

聞き慣れない言葉を耳にして、僕は自然と眉間にしわが寄るのを感じる。

一方、先生は軽く顎に手を当て、そして僕にも聞いたことのある形で、問いかけてくれた。

「ああ。悪貨が良貨を駆逐《くちく》するという話を聞いたことはないか？」

「あ……それって！」

津瀬先生の言葉を耳にした瞬間、パーティの時の湯島さんの発言が僕の脳裏に蘇《よみがえ》った。

「どうかしたのかい？」

「先ほどお話しした編集者さんに、悪貨はそれ自体が罪だと言われまして……」

「なるほど、意外と同じ思考をしている人間は多いものなのだな」

ほんの僅《わず》かに苦い表情を浮かべ、津瀬先生は小さく息を吐き出す。だがすぐに気を取り直すと、改めてその口を開いた。

「質の悪い貨幣が出まわると、質の良いほうは流通しなくなる。日本だと慶長《けいちょう》小判の話が有名だが、要するにモノの額面的な価値と実質的な価値が乖離《かいり》した場合に、実質的な価値がより高いものは、実質的な価値のより低いものによって駆逐されるということだ」

実質的価値の低いものが、実質的価値の高いものを駆逐する。

それを商業作家の視点から現在の小説市場に当てはめれば、どちらが何を指しているかはあまりに明白であった。

「それって要するに、僕たちベコノベ作家が悪貨ということですよね」

「そうだ。まあベコノベ出身の私としては、素直に同意するつもりはない。だが実際にそんな見方をする者は存在するわけだ。別に君が受け入れる必要はないが、そんな考え方が存在することを、知っておくことは悪くない。なぜだかわかるね？」

「知っている者は選択することができるから……ですね」

それは津瀬先生と初めて会った日から言われ続けている言葉。

物事を知るということはそれだけ可能性と選択肢を広げるのだと、僕は目の前の先生から習ってきた。

「その通り。ベコノベの中から外を見るだけではなく、外からどのように見えているのか。さらにそこには、様々な視点や角度があるということを覚えておき給《たま》え。それは今後商業という舞台で戦う君にとって、きっと役に立つはずさ」

「ありがとうございます。確かに僕もその通りだと思います」

これまでベコノベ側からの視点で、枠の外に存在する商業作家や編集者をその目にしていた。しかし、彼らには彼らの考え方があるのだと考えてみると、これまで引っかかっていた苛立《いらだ》ちや違和感が、スッと取れたような気がする。

「ふふ、ならば結構。さてその上でだ、次の一手をどうするかだが……まず大前提として君は彼女の漫画原作を書きたいと思っているのかい？」

「彼女は僕に書いて欲しいと言っています」

僕は先生に向かい、由那から告げられた言葉を基に返答を行う。

しかし先生は首を左右に振ると、僕に再考を求めてきた。

「彼女が望むことを叶《かな》えたいから書くというのならわかる。だが、彼女が君に書いて欲しいというのは、決して君の希望を表しているわけではない。言葉は正しく受け取り、正確に返し給え」

「すみません……僕は書いてみたいです。ベコノベを下に見る風潮《ふうちょう》に抗《あらが》いたいのももちろんですが、それよりも純粋にチャレンジしてみたいと思います」

それこそが僕の本心だった。

もちろんベコノベを馬鹿にされている悔しさ、自分自身がベコノベを下に見ていた恥ずかしさ。そんな感情も当然存在した。

だが今は、足元にあるボールを一歩でもゴールへ近づけたいという純粋な思いだけが、僕の心と体を突き動かしていた。

そう、どうせならよりスリリングで夢のあるパスを送りたい。それはまさに中盤のレジスタである僕の、その心の在《あ》り方に他ならなかった。

一方、そんな僕の思いを受けた津瀬先生は、ニコリと笑うと一つ頷く。

「グッド。その答えを待っていたよ。それでこそ、レジスタだ」

「ありがとうございます。優弥と津瀬先生と話して、ようやく自分を思い出したような気がします。相手の名前が大きければ大きいほど、派手なジャイアントキリングになるわけですから」

ジャイアントキリング。

それは実績で劣るものが、番狂《ばんくる》わせを起こして格上を倒すことを意味する。

中学サッカー時代に、優弥が守り、僕が攻め、そして何度も成し遂げたその言葉。

にもかかわらず、相手の名前と実績だけを耳にして、戦う前に逃げ出そうとした今の僕のなんと情けないことか。

そしてだからこそ、僕は今こそ立ち向かうべき時だと思っていた。

「なるほど、ジャイアントキリングか。いい言葉だ。しかし君がそこまで言うとなると、代わりに用意されようとしている原作者は、かなり有名な人物なのだね」

「はい。その……神楽蓮ってご存《ぞん》じですか？」

僕が格上となる人気原作家の名前を口にした瞬間、津瀬先生の表情が一変する。

「神楽蓮……だと⁉」

「え、どうかされましたか」

思いがけぬ反応に、僕はすぐに聞き返す。

でも正直無理もないとは思った。僕が越えなければならない壁は、まさに今話題となっている漫画の原作を担当した人物なのだから。

そんな僕の考えを肯定するかのように、津瀬先生は右の人差し指で一度眼鏡をずり上げる。そして一息ついた後に、ようやくその口を開いた。

「いや、思わぬ名前が出たものでね。少し驚いただけだよ」

「そうですよね。ドラマ化まで噂されているようですから」

「いや、正直それだけではないんだ。しかしあの神楽か……」

そこまで口にしたところで、なぜか先生は迷いを見せながら言葉を濁《にご》す。

僕はわずかに違和感を覚え、そんな先生に向かい声をかけた。

「先生？」

「いや、気にしないでくれ。それよりもだ、君は神楽を相手に今後どうするつもりだい？」

「一応、由那から来週編集部に行く時について来るよう言われました。彼女も不満のようですから」

津瀬先生の反応に未だに違和感を覚えながらも、僕は問われたことに対して、そのまま回答を行う。

すると、津瀬先生は小さく頷いた後、一つの提案を口にした。

「なるほど。そこでもう一度、話し合うというわけだろうが……昴くん、どうせ行くのなら、彼らに打ち込む弾を二発作っていくべきだろうね」

「弾を二発……ですか」

その言葉の意味がわからなかった僕は、軽く首を傾げる。

途端、津瀬先生は薄く笑い、改めてその口を開いた。

「ああ。どうせ編集部に行くなら、手ぶらで行くより、実弾を持って行った方が話が早い。

もちろん一つはプロットだよ」

「漫画の原作となるプロットを持ち込むと、つまりそういうことですね」

津瀬先生の言葉を受け、確認するようにそう問いかける。

「その通りだ。まさに持ち込みに近い形態だな。だが、それだけでは不十分だ。私がもし編集の立場なら、プロットだけで君を選ぶとは断言できない。だからこそ、より確率を高めるための二発目の弾丸が必要なのさ」

「二発目の弾丸……それは一体？」

プロット以外に編集部に提示すべきものが見当たらなかった僕は、先生に向かってその答えを求める。

途端、津瀬先生は不敵に笑い、そして思いもしなかった弾丸の正体をその口にした。

「ふふ、それはね。ベコノベの統計データ……さ」

第五話

切り札は統計データ!? 予想通り原作者を降ろされそうになった僕が、土壇場でベコノべに関する統計データを開示して、予定通り編集部の人たちの注目をあつめることに成功した件について

「君を呼んだ覚えはなかったが？」

士洋社の本社ビル四階。

会議室とされるその一室で、僕の姿を目にした男は開口一番にそう言い放った。

ある意味、予測されていた対応。

それに応じたのは僕の隣に立つ金髪の女性であった。

「いえ、私が連れて来ました」

「なぜかな？　部外者を呼ぶ必要はないと思うのだけど」

「部外者ではありません。何しろ、私の新人賞の原作を書いてくれたのは彼ですから」

あからさまに不快感を示してくる湯島さんに対し、由那はまったく引き下がることなくそう言い返す。

新人作家が歯向かってくるとは考えていなかったためか、湯島さんはその反応に些か虚《きょ》を衝かれた様子を見せた。

しかしすぐに気を取り直すと、改めて由那をたしなめるようにその口を開く。

「ふむ……だが君の応募時には、原作者はクレジットされていなかったと思う。それに何より、私たちは君個人の描写力を買って、こうして我が社の月刊誌に載せる作品を任せるつもりなのだが」

「ですが、受賞の電話を頂いた時は、確かストーリーが良かったと言って頂きました。それはつまり、彼の原作が良かったことを意味していたと思います」

「それは前任者の勘違いだな。実は担当を引き受ける前に、君の我が社への以前の投稿作は見させてもらっている。それを見た限り、まともな原作さえ付けば、正直いつでも受賞できるレベルにあったことは一目瞭然《いちもくりょうぜん》だった。だから彼が賞賛したのは、これまでの応募作と比べてというだけの話だろう」

由那も引き下がらなければ、湯島さんも一歩も引き下がらない。

まさに膠着《こうちゃく》状態のその空間において、もう一人の当事者たる僕は何かを口にすべきかと迷った。

だがそんなタイミングで、見知らぬ一人の中年男性がその姿を現す。

「なんや、立ちながらの打ち合わせかい。はっはっは、若いもんは皆元気があってええねえ」

「……副編集長」

その場へと姿を現した中年男性を目にして、湯島さんはやや不快げな口調でそれだけを口にする。

一方、もう一人の口論の主役は、先程までの剣幕《けんまく》が嘘《うそ》のように柔らかな微笑《ほほえ》みを見せた。

「えっと、確か三崎《みさき》副編集長さんでしたよね。お久しぶりです」

「おお、お久しぶりやな。たぶんパーティん時は二言《ふたこと》三言《みこと》話して終わりやったから、覚えていてくれとったことが、おっちゃんには嬉《うれ》しいわ」

三崎と呼ばれた副編集長は、人好きのする温和な笑みを浮かべながら、ゆっくりと僕たちのもとへ歩み寄ってくる。そして湯島さんの隣に置かれた椅子にちゃっかりと腰掛けると、まるで最初からこの場を仕切っていたかのように、皆に向かって席を勧めた。

「副編集長。今日は私一人で応対するとお話ししていたはずですが？」

湯島さんは眉間にしわを寄せながら、隣に座る三崎さんに向かって、やや険《けん》のある声を発する。

だが三崎さんは全く気にする素振りも見せず、カラカラと笑った。

「はっはっは、まあそう固いことは言うなや、湯島くん。こんなかわいい漫画家さんが来たゆうのに、独占しようっちゅうんは、おっちゃんどうかと思うで」

ちらりと由那に視線を送ったあと、三崎さんは再び陽気な笑い声を上げる。

だがそんな彼の発言を、湯島さんはあっさりと切り捨てた。

「私は彼女の容貌《ようぼう》に関して、一切興味はありません。ただ彼女が描く絵にのみ興味があります」

「そうかそうか、いやぁ若い編集者はそうでないとあかんね。で、えっと確か君が噂の原作者くんやったっけ？」

あからさまな湯島さんの怒気《どき》を受け流し、三崎さんは僕へと話の矛先を向けてくる。

「はい、黒木昴と申します」

「兄ちゃんも若いなあ。確か二人ともまだ高校生なんやろ？」

「ええ、高校三年生です」

「凄《すご》いなぁ。いやぁ、羨《うらや》ましい話やわ。おっちゃんが高校生の頃はなあ――」

「副編集長。長くなるようなら、やはり席を外して頂けませんか。私は打ち合わせの場は戦場だと思っておりますので」

三崎さんが昔話を語りだそうとしたそのタイミングで、湯島さんは彼の言葉を遮ると、明確な拒絶を伝える。

だがそんな棘《とげ》だらけの発言も、目の前の大らかそうな中年男性には、全く突き刺さることはなかった。

「はは、君のそういう所、正直きらいやないで。やけどね、彼の存在は編集部でも議論が分かれとるところやんか。それを君一人で判断してしまうっちゅうんは、些か勇《いさ》み足ちゃうかな」

「いえ、そのために神楽くんを用意しました。となれば、もはや過去の原作者、しかもアマチュアの力など不要でしょう」

これまで控えていた湯島さんの本音。

すでに隠す必要を覚えなかったのか、彼ははっきりとそれを表に出した。

そしてだからこそ、まさに不要だとされた当事者たる僕は、初めてその口を開く。

「あの……本当に僕では力不足なんですか？」

「何を言っているのかな？　当たり前だろう。君は神楽くんよりも自分のほうが優れていると胸を張って言えるのかね」

言い返すことはできないだろうという確信を持って、おそらく告げられたであろう湯島さんの言葉。

だが僕はそんな彼に向かって、自分なりの確信を持って言い返した。

「……言えます」

その短い言葉が僕の口から発せられた瞬間、湯島さんの顔が歪む。

そして同時に、隣で椅子に腰掛ける男の瞳が怪《あや》しく光り、彼は僕に向かって興味深げに問いかけて来た。

「ほう、これはおもろいな。確か黒木くんやったね。もし良かったら、なんでそう思うか教えてくれへんかな？」

「実はここに来るまでに、神楽先生が原作を書いた漫画を全て読んできました。正直に言いますと、どれも非常に面白かったです」

「そうだろう。君に言われるまでもなく当然のことだがな」

僕の言葉が途切れると同時に、湯島さんは間髪容《かんはつい》れずそう口にする。

だがそんな彼の言葉に対し、僕は迷うことなく自らの考える神楽先生の問題点を口にした
「ええ。ですが、一つだけ引っかかったことがあるんです。神楽先生が原作を書いた漫画は全てで三作品。そのいずれも作画は異なる方がされているようですが、どれも見事なまでに神楽先生の作品になっていました。だからこそ、僕は自分のほうが優れている点があると考えています」

「意味がわからないな。神楽くんの作品が彼らしくて、なぜダメだと言うのだね？」

「別にダメだとは思っていません。もし神楽先生が原作を書けば、間違いなく面白い作品にはなると思います。ですが、そこに由那の色はありません。彼女の描く世界にあわせた原作を書く能力、その点において僕は負けていないと思います」

それが僕の出した結論であり、人気作家である神楽先生に勝てるストロングポイントではないかと考えていた。

つまり自分の色に作品を染め上げる神楽先生よりも、彼女のことを知る僕のほうが彼女の作画を引き立てる原作を書けるという確信である。

そんな僕が示した見解。

それを面白そうに受け止めたのは、恰幅の良い中年男性であった。

「はっはっは、おもろいな。いや、黒木くん。なるほどなるほど。おっちゃんには、君の言いたいことがわかるで。確かに新人賞の原作も、彼女のキャラの魅力をうまく引き出す世界設定やったしね」

三崎さんは愉快そうに笑いながら、何度も頷いてくれる。

だが、そんな彼の反応に待ったをかけたのは、当然のことながら湯島さんであった。

「待ってください、副編集長。確かに付き合いがある関係で、彼には多少彼女のキャラの魅力を引き出すことができるかもしれません。ですが、だからと言って面白い作品になるとは限りませんし、アマチュアが原作を書いたところで話題性は何もない。そんなバリューのない作品に、読者が付くと思いますか？」

「面白かったら付くんとちゃうかいな？」

湯島さんの疑念に対し、三崎さんはあっさりと反論した。

しかしそんな彼の見解を、湯島さんは正面から否定する。

「面白ければ許されるという時代はとっくに終わっています。面白いのは当たり前、あとはどう売り出すかが重要なのです。その意味では、人気作家である神楽蓮の原作でデビューという以上のバリューは、彼女にとって存在しません」

自己の強い確信が垣間《かいま》見える湯島さんの言葉。

それが発せられると、一瞬、場に静寂《せいじゃく》が訪れた。

同時に誰も反論してこられないという確信からか、湯島さんの表情に僅かな笑みが生まれる。

まさに外から見れば勝負あったというべき空間。

だがたった一人、意見を口にするものがいた。

そう、彼からバリューが出せないという烙印《らくいん》を押されたこの僕である。

「あの……その点なのですが、ちょっといいでしょうか？」

「……なんだね、我々は今後の売上に関わる話をしているんだ。アマチュアは黙っていたまえ」

小うるさい蠅《はえ》を見るような目つきで、彼は僕の発言を切って捨てる。

だが、ここで引き下がるわけにはいかないとばかりに、僕は迷うことなくその口を開いた。

「いえ、その売上に関わる話です。僕が原作を担当した場合の話ですが、ある条件が整えば、たぶん貴方の言うバリューをしっかりと出すことができると思います」

僕のその言葉には、由那も含めて、誰もが虚を衝かれたような表情を浮かべる。

そんな中で、最も早く反応を示してみせたのは、目の前の恰幅の良い中年であった。

「ほほう、面白いこと言うなぁ。で、なんでそう思うんかいな？」

その興味と好意の入り混じった三崎さんの問いかけ。

それに対し、僕はシンプルにその根拠を口にする。

「データです」

「データ？」

予想していない言葉だったためか、三崎さんは僅かに首を傾げる。

そんな彼に向かい、僕はバッグの中から一つの紙の束を取り出すと、それを彼らに提示してみせた。

「はい、もし良ければこれを読んでみてもらえませんか？　ベコノベのアクセス数と作品の売上に関する統計データを」

僕が皆に見えるように提示したその紙面。

ベコノベを経由した作品が、商業市場において確実に存在感を増していることを示す膨大な量の数字がそこには記されてあった。

第六話

原作権はコンテストで!? ベコノベの統計解析を提示することで状況をひっくり返した結果、サイト内でコンテストを行い、優勝者を由那の漫画の原作者にすると編集長が言い出した件について

「統計データだと？」

僕の手からひったくるような形で、湯島さんは紙の束を手にする。

すると、横から三崎さんもそれを覗《のぞ》き込み、途端に感嘆の声を上げた。

「へぇぇ、おもろいねこれ。ベコノベって名前は聞いたことがあったけど、今こんなに本になっとるんやね」

三崎さんが最初に食いついたのは、商業市場で発行されているベコノベ小説の数である。

それを受けて僕は、打ち合わせ通りのプレゼンを披露《ひろう》した。

「はい。現在ベコノベ作家の書籍は、続巻も含めると年間千冊を超える程にまで増えています。こちらはその平均値を出したもので、最後のページには獲得ポイントやお気に入り、そして評価点やジャンルごとに、売上への相関係数を統計的に算出した数値を記載しています」

僕はそう告げると、まだ手元に残していたベコノベの商業作品に関するデータを、三崎さんに提示する。

一方、そんな僕の行動を目にして、由那までもが驚きの声を上げた。

「昴、あなたこんなものをいつの間に」

「はは、もちろん僕だけで作れたわけじゃないよ。存在A《そんざいエー》という作家先生と一緒に作成したものだからね」

この場の性質を考えて、僕は敢えて本名ではなくペンネームであの人の存在を示唆《しさ》する。

そう、僅かに下調べを手伝ったに過ぎない僕に対し、このほとんどを自分一人で作り上げながら、共同作業の結果だとこのデータの全てを預けてくれた津瀬先生の存在を。

「あの、如何《いかが》でしょうか？　僕の提案を聞いて頂くに足る資料ではないかと考えるのですが」

「いやいや、これはなかなか立派なもんやで。おっちゃんはあんまり数学が強ないから詳しゅうはわからんけど、おもろいことだけはわかるわ。このサブ解析言うて書かれとる所を見てみると、ジャンル、ポイント、タグ、アクセス数、話数、文字数なんかでも、売上に関する影響がそれぞれあるんやねぇ。いやぁ、ネット小説言うんは奥が深いわ」

三崎さんは感心した様子を見せながら、何度も何度も頷く。

そんな彼に対し、僕は当初からの予定通り、先にこの統計データにおけるサブ解析の問題点を彼へと開示した。

「サブ解析に関しては、統計としての数がどうしても少ないので、あくまで参考程度に思って頂ければ幸いです。でも、数字自体はきちんと算出したものになっています」

「そうかそうか、ようわからんのやけど、これ作った君がそう言うんやったら、たぶんそうなんやろ。しかし最近の若い子は凄いなぁ。これ見たら、ベコノベ作家に仕事任せるんもありちゃうか思うわ。そう思わへんか、湯島くん」

僕の説明に対し、思わず苦笑を浮かべながら、三崎さんは湯島さんへと話を振る。

すると湯島さんは、眉間にしわを寄せながら、彼の中での疑念をその口にした。

「……どうでしょうか。確かにこの数字は無視できないものだとは思います。ですが、これはあくまでベコノベが市場において存在感を増している証明に過ぎません。彼が彼女の漫画に対してバリューを付加することができる可能性と、この資料を短絡的に結びつけるのは些か疑問が残るところかと」

「ふむ、まあ君の言いたいこともわかるなぁ。確かに今回は漫画の原作やさかい、小説ではないしなあ。で、兄ちゃんはこの資料を持ってきて、具体的におっちゃんらに何が言いたいん？」

湯島さんの発言にも一理《いちり》あると思ったのだろうか、三崎さんは一度大きく頷くと、今度は僕に向かってそう問いかけてくる。

それに対し、僕は迷うことなく自らの考えを口にした。

「僕ならば、パイを外から持ってくることができると、そう言いたいのです」

「パイ？　パイって、あの小麦粉でできた生地のパイのことかいな？」

「はい、そうです。ただしその意味するところは――」

「漫画市場の客以外から、読者を連れてくることができる……つまり君はそう言いたいわけだ。だが、果たしてそう君の思い通りに行くかな？」

僕の説明を遮る形で、言葉を被《かぶ》せてきたのは湯島さんであった。

彼はその問いかけを放つと同時に、冷たい視線を僕へと向ける。

「思い通り行かせたいとは思います。第一、最初から先のことを完全に見通すことなんて不可能ですよ。それが可能なら、世の中にヒット作は存在しないはずです」

「ほう、そら真理やな。無数の平凡と失敗があるからこそ、ヒット作が浮かび上がる言うわけか。そりゃ君の言う通りやわ」

さすが副編集長だと言うべきか、のんびりした関西弁ではありながらも、その指摘はまさに僕の意図するところを突く。

そんな三崎さんに向かい、僕は迷うことなく首を縦に振った。

「ええ。ただどうせなら、成功する要因は少しでも多い方が良いかと思います。その意味では、ベコノベ小説からメディアミックスで漫画原作というルートはありましたが、最初から直接漫画原作とした例はありません。まさにベコノベの最前線を御社《おんしゃ》が走ることができると思います」

「……ベコノベの最前線かぁ。いや、ベコノベはすごい言うて話は聞いとったけど、これほどとは思てへんかったからなあ」

空いた手でやや少なくなりつつある髪を撫《な》でつけながら、三崎さんは手にした先ほどのデータへと改めて視線を落とす。

僕はこのタイミングを逃すまいとばかりに、畳み掛けるようにベコノベのことについて解説を行った。

「実際のところ、現在ベコノベの会員数は七十万人を超えて、ランキングの上位作は一日に百万近いアクセスを誇ります。多分国内においても、決して無視できない規模のサイトとなっているかと」

「一日百万か……しかもその作品に興味のある人ばっかりの百万やろ？　そりゃ凄い話やで」

無作為に抽出《ちゅうしゅつ》した百万人ではなく、確実に作品に興味を抱いている百万人。

その意味の違いを理解した三崎さんは、納得したとばかりに何度も頷いてみせた。

すると、沈黙を保っていた湯島さんが、やや険のある声を僕へと向けてくる。

「……なるほど、ようやく話が見えてきたよ。つまり、漫画ではなく君の作品を原作としてベコノベに投稿し、充分な読者を確保した上で漫画の連載を始める。つまりはそういうことを、君は提案する腹づもりなわけか」

「その通りです。僕が原作をベコノベに投稿します。もしその原作に漫画原作としての価値を認めて頂けるなら、是非それを使用してはもらえませんか?」

そう、まさにこの提案を行うことこそ、僕がこの場へと足を運んだ最大の目的であった。

つまり相手の土俵ではなく、自分の土俵において相手に評価をさせる。それが僕と津瀬先生が考えた、人気原作者に勝るための方法であった。

「いやぁ、おもろいなあ。僕はええんちゃうかと思うけど、湯島くんはどないかな?」

「確かに、彼に足りないものを補うという意味では、よく考えたものだとは思います……ですが、全ては理想通りに話が進んだ場合の話です。先ほど提示された数値も、彼が今から書く原作が人気作となることを前提としているわけで、本当に人気を得ることができるかは未知数でしょう」

一応、三崎さんの見解をたてはしながらも、湯島さんははっきりと僕に対し疑念を示してくる。

それを受けて僕は、迷わず首を縦に振った。

「ええ、僕もそう思います」

「え、昴……あなた⁉」

予想していなかった反応だったのか、由那は隣で驚いた素振りを見せた。

そんな彼女に向かい、僕はなんでもないことのように苦笑を浮かべて見せると、改めて自分の決意を口にする。

「はは、由那。僕のベコノベ歴もまだまだ浅いし、絶対人気が出るなんていう過信はしていないよ。だから三崎さん、そして湯島さん。ベコノベ内で不人気だった場合、遠慮なく僕を切り捨てて頂いて結構です」

「ほう、そこまで言うか。ええ根性《こんじょう》しとるなぁ、兄ちゃん」

三崎さんは温和な笑みを浮かべながら、僕に向かいそう口にした。

だが、僕ははっきりと感じ取っていた。先程までとは異なり、三崎さんの目は笑っていないということに。

だからこそ、逆に僕は自らの発言が有効であったことを確信する。そして同時に、計算だけではない僕の思いをこの場に晒《さら》した。

「いえ、根性と言うよりは、純粋に僕の願望でもあるんですよ」

「願望？　どういうことなの？」

由那はやや不安げな表情を浮かべながら、僕に向かってそう問いかけてくる。

僕は一度つばを飲み込み、そして改めて彼女と向き合った。

「君にとって、人生においてデビュー作は一つだけ。それを失敗させるわけにはいかないし、中途半端な人気しかないものとなって、君の漫画家人生を狂わせたくない。だから、ベコノベで人気が取れない場合は、むしろ僕からお願いしてでも、別の方に書いて頂きたいと思っているんだ」

「ええ話やないか。おっちゃんはその潔《いさぎよ》さが気に入ったで」

僅かに目を細めながら、三崎さんがそう口にした瞬間、突然やや底冷《そこび》えする声が横から挟まれた。

「待ってください。彼の提案は潔さよりも、どうにも計算高さが鼻につきます」

「どういうことや、湯島くん？」

「このような統計データを準備する人間ですよ。おそらく原作が人気となった場合、そちらの原作小説も本として売る。それは彼の計算のうちでしょう。そうなれば漫画原作と原作小説で、彼は二重の報酬《ほうしゅう》を得ることができます。結局今のは、潔く見せるためのポーズにすぎませんよ」

やや見下すような視線を向けてきた湯島さんは、冷笑を浮かべてみせる。

だが僕は、そんな彼に向かってすぐに首を左右に振った。

「それは誤解です。というよりも、僕の原作小説の出版は不要です。それに原作に関しても金銭を受け取るつもりはありません」

それまで、おそらく僕に対してある種の先入観を抱いていたのだろう。

湯島さんの氷のような冷たい笑みが、虚を衝かれたためか大きく歪みを見せた。

「な、なに!?　どういうつもりだ」

「僕はあくまで由那の友人として、彼女のために原作を書くつもりです。元々新人賞の原作に関しても、お礼としてはちょっとアレなケーキを貰っただけですし」

「アレで悪かったわね、アレで」

その言葉と同時に、あからさまに棘そのものの視線が、僕へと向けられる。

僕は敢えて気づかないふりをしながら、話を脱線させぬよう、改めて自分の考えを繰り返した。

「は、はは……ともかく、今回の件に関しまして、お金を頂くつもりはありません」

「……正気かね。子供の遊びではないんだぞ」

湯島さんはあからさまに不快感を露《あら》わにしながら、僕に向かって確認してくる。

しかし僕の取った反応は、首を縦に振るという極めてシンプルなものであった。

「僕は本気です。その上で、僕の提案を検討してもらえませんでしょうか？」

「その話、少し待ってもらえないかな」

重ねての僕の提案に反応したその言葉。

それはこの場にいた四人ではなく、部屋の入口から発せられたものであった。

「編集長。もう戻られたんでっか？」

三崎さんが編集長と呼びかけた人物。

その紳士《しんし》然《ぜん》としたスマートな壮年男性は、軽く一つ頷くとともに、部屋の中にいる二人の部下に向かってゆっくりとその口を開いた。

「ああ、思ったよりも会議が早く終わってね。それで帰ってきてみれば、編集部の外で、一人の作家先生を待ちぼうけさせているし、一体どうなっているのかと思ってね。それで顔を出してみたのだよ」

「待ちぼうけ……まさか」

その編集長の言葉を耳にした湯島さんは、途端に苦い表情を浮かべる。

そんな彼の反応を目にして、編集長はそのまま首を縦に振った。

「ああ、君がこの時間を指定したんじゃなかったのかね、湯島くん。というわけで、どうぞ神楽先生」

その編集長の言葉を合図に、一人の青年が部屋の中に姿を現した。

まるでモデルのようなスラリとした体形に、知性を感じさせるその顔つき。僅かに切れ長の瞳は、男の僕でさえ妖艶《ようえん》な色気を感じずにはいられなかった。

「湯島さん、約束の時間に来たのに、放置されっぱなしってのはちょっと酷《ひど》いですよ」

「すみません、神楽先生。それがその、少し込み入ったことになっていまして」

初めて見せた謙虚な湯島さんの謝罪姿。

先程までとのギャップに、僕は僅かな戸惑いを覚える。

しかし、そんな僕の内心を知ってか知らずか、青年はそのまま部屋の中へと足を踏み入れてくると、机の上に置かれたままとなっていたベコノベの統計データにその視線を走らせた。

「込み入った話ですか……へぇ、面白そうなものがありますね」

そう口にするなり、神楽先生はパラパラとその資料をななめ読みしていく。

そして軽く目を通し終わったところで、僕と由那にその視線を向けた。

「これは君たちが作ったものかな？」

「えっと、それは彼が……」

僕より早く反応した由那が、神楽先生に向かってそう告げる。

すると、神楽先生はその瞳をまっすぐに僕へと向けた。

「ベコノベを統計解析の対象にしたってわけか。一つ聞きたいのだけど、これは君一人で作ったものなのかい？」

「いえ……その……知り合いの作家さんに手伝って頂きまして」

心の奥底まで見透かすかのような、深い黒色の瞳。

それを真正面から向けられた僕は、ややドギマギとしながらも、先ほど湯島さんたちに告げたのと同じ回答を行う。

だが返された反応は、先ほどの湯島さんたちとは明らかに異なった。

神楽先生は右の口角を僅かに吊り上げると、その統計データを手にしながらなぜか納得したかのように小さく頷く。

「ふぅん、知り合い……ね。なるほど、大体話が見えたよ。裏で誰が糸を引いているのかもね。いずれにせよ、僕に一本化するという話がこじれたというわけだ。そうなんだろ、湯島さん」

「いえ、これから彼らを説得するところなので……」

おそらく二人の間では、予《あらかじ》め話が決まっていたのだろう。

この場で神楽先生を由那に紹介し、そのまま原作を了承させるという流れが。

しかし僕がこの場に同行し、更にベコノベのデータを見せながら食い下がったことで、湯島さんの予定は狂った。

結果として神楽先生が編集部の外で待ちぼうけをすることになったと、僕はそう考える。

一方、待ちぼうけをさせられた当人は、先ほどから興味深そうに眺めるベコノベのデータを手にしながら、湯島さんへとその言葉を向けた。

「この数字を見せられると、僕の名前だけではなかなか分が悪いんじゃないですか？　これ以上に明確な数字は、そう簡単には算出できないでしょうしね」

「ふむ……三崎くん。結局のところ、音原先生たちとはどういう話になっているのかね？」

「はぁ、要するにですね編集長、音原くんの新人賞原作を書いたそこの兄ちゃんが、無償でベコノベに原作候補となる小説を書くんで、それを使ってもらえんかって言うて来とるんですわ」

「無償で……か。えっと、君の名前は？」

顎に手を当てながら眉間にしわを寄せた編集長は、僕に向かいそう問いかける。

「黒木です」

「そうか。黒木くん、確認しておきたいのだが、彼女が新人賞に投稿した漫画の原作は、本当に君が書いたんだね？」

「はい、僕が書きました」

編集長の問いかけに対し、僕は間髪容れずに返答を行う。

すると、編集長は一つ頷き、そしてあっさりと僕に向けて一つの決断を告げてきた。

「なるほど、それで彼女と仕事をしたいから無償で原作を書くと……済まないが、お断りだ」

「え……そんな……」

食い下がる間もなく、あっさりと拒否されたと感じた僕は、それ以上言葉を発することができなかった。

だが、そんな僕に向かい、編集長はすぐさま首を一度横に振る。

「勘違いしないでくれ。君を使わないと言っているわけではない。ただ、君の提案は受け入れられないと言っているだけだ」

「あの……内田《うちだ》編集長。それは同じじゃないんですか？」

僕の隣で、由那が心配そうな表情を浮かべながら、僕が抱いているものと同様の疑問をぶつける。

それに対し、内田と呼ばれた編集長は再び首を横に振ってみせた。

「違うよ、音原先生。先《ま》ず君たちに断っておきたいのだが、私たちはプロとして出版の仕事をしている。そしてクリエイターに対し報酬を払うということは、その作品に責任をもってもらうことと同義だ。その報酬の原資となる、読者に対する責任という意味でもね。黒木くん、私の言いたいことがわかるかね？」

「つまり無償で仕事をするというのは、責任を持たないのと同義だと仰《おっしゃ》りたいわけですね」

無償ならば仕事に責任を取る必要はない。

だからプロとして仕事を依頼する以上、報酬を支払って仕事に責任をもってもらう。

それこそが、編集長が僕へ告げたかった内容だと、そう理解した。

「その通りだ。もちろん君にかぎらず、無償でクリエイターが働いてくれるのなら、会社としてはメリットは大きいだろう。だが責任のない仕事を、必ず読者は見ぬいてしまう。だからこそ、プロとして自覚と覚悟を持った者に、私は編集長として仕事を任せることにしている」

内田編集長のその言葉は、はっきりと僕の胸に響いた。

確かに、由那に売れて欲しいと口にしながら、僕は責任の一端《いったん》を担うという覚悟に欠けていたのかもしれない。編集長の言葉を聞いて、僕は自らが未だにアマチュアなのだと、強く意識せずにはいられなかった。

一方、そんな編集長の言葉に気を良くした者が存在した。

そう、神楽先生をこの場に呼び寄せた湯島さんである。

「編集長。でしたら、神楽先生に依頼するということでよろしいですね？」

「湯島くん、結論を急がないでくれ。君の悪い癖だよ。無償で仕事をしようとする彼に原作は任せられないと言ったが、心構えを変えるのならば、その限りではない」

その編集長の言葉を耳にした途端、絶望を感じていた僕の心は、急速に活力を取り戻す。そんな僕の顔色を目にした三崎さんは、ニコリと微笑むと、編集長に向かいその考えるところを問いかけた。

「おや、編集長。その口ぶりやと、なんか考えがあるようですな？」

「ああ、その通りだ三崎くん。そのデータを見て、一つ思いついたことがあってね」

「データを見て……ですか？」

編集長の言葉に、思わず僕は反応する。

すると、僕の問いかけを肯定するように、編集長は大きく一度頷いた。

「そうだ。実は私の同期が現在ライト文芸編集部の編集長を務めていてね、先日偶々《たまたま》話す機会があったところなんだ。で、聞いたところ、ベコノベと組んでネットでの小説新人賞を企画しているらしい。そこで今思いついたわけだが、我々も彼の企画に一枚嚙ませてもらうというのはどうかな？」

「どういうことですか、編集長？」

状況の変化に黙っていられなかったのか、湯島さんはやや食って掛かるような勢いで、疑念をぶつける。

だが、そんな彼を軽くいなすかのように、内田編集長は一つの企画を皆に向かって提示してみせた。

「つまりだ、我が社のライト文芸編集部が主催する新人賞に、漫画原作の部門を作ってもらう。その賞を取ったものが、彼女の原作者を務めるという決まりでな。もちろん、賞を開くからには、君にはあくまで一般のベコノベ作者と同じ土俵で公平に戦ってもらう。そしてだ、もしご迷惑でなければという条件付きとなるが、神楽先生もゲストとしてこの企画に参加してもらえないかな？」

第七話

賭けの対象は由那!? 神楽先生と津瀬先生が知り合いであっただけでも驚いたのに、更にベコノベで開催されるコンテストで僕に勝った場合、由那と付き合いたいなどと神楽先生が言い出した件について予備校近くに存在するチェーンのコーヒーショップ。

その入口近くの一角に僕はいた。

一人のチューターと同級生とともに。

「つまりベコノベで漫画原作のコンテストを行うと、そういうわけだね」

「はい。こちらがその要項です」

昨日ベコノベのトップページにアップされたばかりの募集要項。

僕はスマホでそれを表示し、そのまま津瀬先生に手渡す。

「ふむ……さすが士洋社と言うべきかな。動きが早いな」

「元々、小説のコンテスト自体は告知され準備されていたようですからね。そこに新たな部門として、漫画原作賞も追加した形ですので」

ネット小説新人賞の募集要項自体は、夏休みのはじめ頃から既にベコノベのトップページに掲示されてあった。昨日、それに急遽、漫画原作部門が追加された形となっている。

そんな要項に目を通した津瀬先生は、納得したように一つ頷くと、軽く右の口角を吊り上げた。

「なるほどな。流石にそうでなければ、これほど早く要項がアップされることはないか。しかし音原くんのイラストは初めて見るが、聞いていた通りだね」

そう口にした津瀬先生の視線の先には、由那の描いたモデルキャラクターが存在した。

この追加された漫画原作賞。

それはあくまで、由那の漫画の原作権を競うためのものである。だからこそ、彼女のイラストに合う原作を必要とするが故に、募集要項にはふんだんに彼女のイラストが使用されていた。

一方、津瀬先生の言葉が気になったのか、由那は僅かに口元をピクリと動かすと、すぐさま確認の問いを口にする。

「聞いていた通りとはどういうことですか？」

「なに、別に他意はないさ。以前から彼が、君の漫画を称賛していたものでね。純粋に上手《うま》いという事を確認したというだけの話だよ」

津瀬先生はメタルフレームの眼鏡を右の人差し指でずり上げながら、苦笑を浮かべつつそう述べる。

それを受けて、由那は先程までの硬い表情を破顔《はがん》させると、締まらない顔のまま、謙遜《けんそん》の言葉を口にした。

「そ、そうですか。いや、それほどでもないんですよ。ほんとに」

「ふふ、いやいやなかなか立派なものだよ。これならば君のためだけに賞が新設されたのもわかるというものだ。で、実際のところだが、昴くん。この賞レースにおいて君に優位性はないというわけだね？」

津瀬先生は由那から僕へと視線を移すと、改めて僕に与えられた条件を確認してくる。

そしてその問いかけに対し、僕は迷うことなく首を縦に振った。

「はい。出来《でき》レースにはしない。あくまで審査は公平に行うとのことです。もちろん一部例外はありますが」

「ふむ、それは神楽くんのことだね」

右の人差し指を突き立て、津瀬先生はあっさりとした口調で内幕を看破《かんぱ》してみせる。

相変わらずのその洞察力に、僕は思わず苦笑を浮かべるしかなかった。

「その通りです。神楽先生にはベコノベの連載に際して原稿料が支払われ、万が一、今回のコンテストに落ちた場合も、別の漫画家を付けて連載は行うとの約束のようです。プロを引っ張ってきておきながら、タダでコンペに出てもらうわけにはいかなかったようですから」

「至《いた》れり尽《つ》くせりだな。プロでも企画書を撥《は》ねられて、ベコノベで人気を取って来いと編集者から宣告される者までいると聞くが」

そう口にすると、津瀬先生は手元のアイスコーヒーを一口飲む。

一方、僕はサラリと告げられた先生の言葉に、背中から冷たい汗が滴《したた》り落ちるのを自覚していた。

「ベコノベで人気をですか。噂には伺ったことがありますが……いずれにせよ、コンテストはポイントを最優先して行われるようです。なので、僕にも神楽先生にも、そして他のベコノベ作者にとっても、全て条件は同じとなっています」

「スケジュールに余裕があれば、私も参加してみたいところだが……そんな顔をするな音原くん。ただの冗談だ」

隣に腰掛けた由那の形相《ぎょうそう》が変わったのを受け、津瀬先生は軽く肩をすくめてみせる。

僕は僅かに雰囲気の悪くなった二人の間に入る形で、冗談めかして言葉を挟んだ。

「先生まで参戦したら、さすがに試合を投げたくなりますよ。もっとも先生なしでは、このコンテストという形にまで持っていくことはできなかったでしょうが」

「ふふ、プレゼンの練習を行っていったかいがあったというものだ」

そう、今回士洋社に向かうに当たり、予め津瀬先生と僕の企画を押し込めるよう、プレゼンの練習まで行っていた。

もちろん、普段から慣れないこと故に、先生の見せてくれた手本に比べれば多分に拙《つたな》いものではあったと思う。しかし事前に、対策と練習を行っていなければ、まともに話さえ聞いてもらうこともできなかっただろう。

そしてその上、あの資料である。

「それももちろんですが、あの資料。やはりアレがなければ――」

「おや、こんなところにいらっしゃいましたか。津瀬さん」

僕の説明を遮る形で、突然発せられた透き通った声。

店の入口の方から放たれたその声は、つい先日会ったばかりの男性によるものであった。

「神楽……先生」

まるでモデルのようにスマートであり、そして津瀬先生と同類と感じさせるような、ある種の知性を伴う整った顔。

お会いしたのはたった一回だけであったが、その人物を僕は見間違う気がしなかった。

「へぇ、確か黒木くんだったか。あと音原先生も一緒とはね。もしやと思ったけど、これは好都合と言ったところかな」

そう口にすると、神楽先生はニヤリと右の口角を吊り上げ、嬉しそうに笑う。

そんな彼に向かって、目の前の青年は眉間にしわを寄せながら、サラリとした声を発した。

「……久しぶりだな、蓮」

「ええ、お久しぶりです、先生」

その二人のやり取り。

それを耳にした僕は、この二人の間に以前から何らかの関係性が存在したことを察した。

「あの……お知り合いなんですか？」

「昔の生徒だよ。予備校のな」

僕の問いかけに対し、津瀬先生はまったく淀《よど》むことなくそう回答する。

それに対し、神楽先生はニコリと微笑むと、軽く両腕を左右に広げてみせた。

「なるほど、確かにそういう言い方もできますか。まあ、今となっては関係のないことですが」

「それで、どうしてここに来たのかな」

「もちろん貴方を捜してですよ。予備校に行ったら、既に退社された後と伺いましてね。昔から、この店を使っておられるのを覚えていたので、もしやと思って覗かせてもらったわけです」

「……そうか。なるほどな」

津瀬先生は納得したように小さく一つ頷く。

一方、僕は目の前で会話を行う二人の間に、はっきりとした一つの確信を覚えていた。

そう、それは少なくともただの生徒と先生だけの関係性ではないという確信を。

だがそんな僕の予想がなされる間にも、二人の間ではさらに言葉が重ねられていく。

「しかしなかなか見事でしたよ、あの統計解析は。おかげでベコノベという非常に面白いおもちゃを理解することができました」

「あれは君のためのものではないのだがね」

「ほう、つまり彼のためのものですか。よほど気に入られているのですね」

右の眉を僅かに吊り上げ、神楽先生は興味深そうにそう問いかける。

すると、津瀬先生は淡々とした口調で一つの事実を口にした。

「ああ。私は私の恩師同様に、自分の教え子を大事にするたちなのでね」

「恩師同様に？　へぇ、黒木と聞いて何か引っかかる感覚がありましたが、もしかして黒木教授の息子さんと言うわけですか」

そう口にすると、神楽先生は改めて僕に視線を向けてくる。

それは先程までと異なり、はっきりと僕の存在に興味を持った視線であった。

「そうだ。私は受けた恩や借りは必ず返すことにしているのでね」

「氷の津瀬と言われた貴方がそう言われますか？　ふふ、あの人にも聞かせてやりたいところですよ」

「ふん……」

神楽先生の発言を、津瀬先生は鼻で笑う。

そんな反応を目にして、神楽先生は軽く肩をすくめながら、まったく心のこもらぬ謝罪を口にした。

「失礼、気分を害されましたか。いや勘違いしていただきたくないのですが、今日は貴方に難癖《なんくせ》をつけに来たわけではないのです。どちらかと言うと、お礼に来た次第でして」

「お礼だと？」

予想外の言葉であったためか、津瀬先生の眉がピクリと撥ね上がる。

一方、神楽先生はその反応を引き出したことに満足げな様子を見せた。

「もちろん昔のことではありません。あくまで今現在の、つまりネット小説サイトの統計データに関してです」

「……どういうことかな、話が見えないのだが」

「いえ、先程も言った通り、あなたが作った……もとい、彼と一緒にあなたが作ったとされるあの統計を拝見しましたので、そのお礼を言いたかっただけです。繰り返すようですが、おかげで新たな知見を得ることができました」

さすがにバレている。

そう、神楽先生の言う通り、僕が行ったのはあくまで一部の数字を打ち込む作業だけ。つまりあの統計データはほぼ全て先生が作成したものだ。

そして全て把握されていることは津瀬先生も理解したのか、ただ単純に感想だけを漏らした。

「そうか。しかしご丁寧なことだ」

「はは、当然じゃないですか。どなたかではありませんが、かつての恩師に無礼はできません。しかも本来ならば、一つ言付《ことづ》けをお願いするつもりでしたので」

「言付け？」

予期せぬ言葉を耳にして、津瀬先生は眉間にしわを寄せる。

だがそんな言葉を口にした当人は、ニコリと微笑むと、その視線を僕たちへと向けた。

「ええ。でもその必要はなくなりました。本当に間《ま》が良いとはこういうことなんですね」

「……私たちに何か用ですか？」

神楽先生の視線が向けられた事に対し、由那は嫌悪感を隠さぬ応対を行う。

それに対し、神楽先生は苦笑を浮かべてみせると、まったく怯《ひる》むことなく指を一本突き立てた。

「一つ、君たちに宣言しておきたいことがあってね」

「宣言……ですか」

明らかに自信に満《み》ち溢《あふ》れた神楽先生の表情を目の当たりにし、僕はやや気圧《けお》され気味になりながらも、どうにかそう問いかける。

すると神楽先生は、その端整な顔に人好きのする笑みを張り付かせ、僕たちに向かって改めて口を開いた。

「ああ、宣言さ。湯島さんを通してでは、どうしてもできない内容だったのでね。津瀬さんに伝言をお願いするつもりだったけど、君たちが……いや、音原先生がこの場に居合わせてくれて本当に良かった」

最初は僕たち二人を捉えていたその視線は、いつの間にか由那だけへと向けられていた。

当然ながらそのことに気づいた由那は、冷ややかな声でその言葉と視線の理由を問いただす。

「なぜ、私がここにいたら好都合なのですか？　コンテストが終わり、万が一あなたが受賞する時まで、特に話すことはないと思いますが」

「万が一受賞するまで……か。ふふ、なるほど。でも、まあそれもいいさ。ただし音原先生、一つ君と賭《か》けをしたい。もしコンテストでこの僕が勝てば、君に交際を申し込ませてもらいたいのだが構わないかな？」

第八話

コンテストに秘められた編集部の思惑!?

優弥たちと作戦会議をしていく中で、今回のコンテストにおいて編集部が様々な思惑を応募要項の中に含ませていることに気づいた件について

「なんなのあいつ、本当になんなの」

一面ピンク色の空間に、テーブルを叩《たた》きつける音が広がる。

その音の発生源であるこの部屋の主《ぬし》は、一晩寝たところでその機嫌《きげん》を直すどころか更に悪化させていた。

「何なのって言ってもさ、プロの人気原作者だろ」

「そんなのどうでもいいのよ」

やや呆れ気味の優弥の言葉に、由那は本気で噛みつく。

すると、その反応が面白かったのか、優弥は立て続けにその口を開いた。

「じゃあ、新都《しんと》大学医学部生。しかも首席入学だったらしいな」

「それもどうでもいい。ほんとありえない」

ネット百科事典に記載されていた情報を優弥が口にしたところで、由那は突き刺すような視線を彼へと向けた。

だが優弥は軽く肩をすくめたのみで、荒れる彼女に向かい、自らの疑念をぶつける。

「あのさぁ、音原。お前ってよく学校でもモテてるだろ。男に声かけられるのも珍しくな

いってのに、なんでそんなカリカリしてるわけ？」

「ふん、どうせ断るだけだから別にどうでもいいのよ。付き合うって話はね。ただ気に喰《く》わないのは、コンテストに勝ったらってこと。いつからこの私は物扱いの景品になったたって言うのよ！」

怒りのあまり、彼女は再び目の前のローテーブルに拳を叩きつける。

その怒れる彼女の反応に困惑を覚えながら、僕は彼女を安心させようと、一つの材料を口にした。

「大丈夫だって、由那。日本では人身売買罪ってのがあって、法律で売り買いなんかは禁止されているからさ、たぶん勝手に物のように扱われることはないと思うよ」

「あのね昴、そういう常識的な問題じゃないの。と言うか、なんで脳筋《のうきん》のあなたが、そんな知識を持っているのよ」

「脳筋って……まあいいけど。ともかく、放浪記で奴隷《どれい》キャラの問題を書く際に調べたからね。津瀬先生にも何かに疑問を持ったら、できる限りきちんと資料にあたりなさいって言われたし」

そう、きちんと資料を調べて物語を書くように指導してくださったのは、あの津瀬先生である。

だからこそ、中世の奴隷制度を理解するに当たり、モデルとなる当時の欧州諸国の状況はもちろん、現代日本の人身売買罪に関しても僕は調べる機会を持つことができた。しかしそんな知識がこんなところで役立つとは、本当に世の中わからないものである。

「ああもう、ちょっとだけ偉いと思ったけど、今はそんなことはどうでもいいの」

「そんなことかどうか知らねえけどさ、人気漫画原作者で、噂じゃ大病院の跡取《あとと》りだろ。まさにダブル役満《やくまん》みたいな奴じゃん。何が不満なわけ。顔か？」

由那の反応を目にしてケラケラと笑いながら、優弥は畳み掛けるようにそう問いかける。

だが先日、目にした神楽先生の容貌を思い出し、僕は思わず口を挟んだ。

「いや、モデルみたいにかっこいい人だったよ」

「なんだと、トリプル役満か。そんな役、俺でも上がったことねえよ」

ベコノベで異世界麻雀《マージャン》小説を書いてしまう程度には、優弥は麻雀好きであり、なぜか悔しそうな口調で彼はそう告げる。

しかしそんな彼の苦悩は、麻雀のルールを知らない由那によって、バッサリと切り捨てられることとなった。

「よく知らないけど、どうせあんたが弱いからでしょ。と言うか、麻雀の話はどうでもいいの。それにかっこいいとか悪いとか、それもどうでもいい。だいたい私にはあんな彼氏必要ないから」

「彼氏じゃなく、フィアンセの間違いじゃね？」

「どっちも違うわよ。茶化《ちゃか》さないで」

優弥の茶々に対し、由那はこめかみをピク付かせながら、怒声を浴びせる。

一方の優弥は、そんな彼女の言葉を前にしても、いつもの軽薄な笑みを崩すことはなかった。

「でもさあ、正直なとこ、そんなにマジで考えなくていいんじゃね？」

「なんでよ。私のプライドと尊厳と人権が懸かっているのよ」

「だからさ、勝手に言わせときゃいいんだって。プロとして先輩なのかどうか知らねえけど、そんな約束知らないって言えば終わりじゃん」

あくまでも、何の束縛もない口約束。

いや、勝手に宣言していっただけだから口約束未満と言うべきだろうか。

事情を聞いてそう判断した優弥は、軽く両腕を広げながらアドバイスする。

そんなある種の本質をついたと思われる優弥の助言。

しかしそれを耳にしても、由那の表情が晴れることはなかった。

「でも、知らないって言い張ったまま、あいつとずっと原作者と作画者の関係で仕事していくわけ？　最低でしょ」

「なるほどな。そういう意味では、奴に布石《ふせき》を打たれたってわけだ」

ここに来て、優弥は腕を組んでその口をつぐむ。

いつもの二人のやり取りから、突然訪れた沈黙。

それを破ったのは、一つの決意を抱いたこの僕であった。

「布石か……でも、要するにその石を無効にしてしまえばいいんだよね」

「それはそうだけど……」

「じゃあ、気にしなくていいよ、由那。僕が頑張るからさ」

「え、昴……」

「僕が負けなければいいだけだよね。だから、頑張るから安心してよ」

そう、要するにそういうことなのだ。

結局、僕が神楽先生に負けなければ、何一つ悩む必要なんてない。

「へへ、言うようになったじゃねえか、昴」

「この間、優弥に言われたばかりだろ。挑戦しない僕はおかしいってさ。まさに最高のジャイアントキリングの機会だよ。正直言って、後ろに引くつもりはないさ」

「言いやがったな。なんて言うか、お前らしくなってきたぜ。な、音原」

僕の言葉を受けて、優弥は嬉しそうに口元を歪める。

一方その頃、もう一人のクラスメイトは、何だかぼうっと宙を見つめながらぶつぶつと独り言を呟いていた。

「僕が頑張るから……僕が頑張るから……私があいつに取られないように頑張る。なぜだかわかるかい、由那。僕は……僕は……いたっ！」

優弥が軽く頭に手刀《しゅとう》をいれると、由那は突然我に返ったように狼狽《うろた》える。

「音原……気持ちはわかるけど、捏造《ねつぞう》は良くないと思うぜ。ともかく昴、神楽に勝てる自信はあるんだな」

「自信と言っていいかわからないけど、負けられないとは思っているよ。由那のこともあるし、それに戦う場所は僕らのホームだしね」

「そうだな。ベコノベは俺たちのホームで、あいつにとってはアウェイ。そう考えると、決して悪い話じゃないし、負けるわけにはいかねえよな」

ホームで敵を迎え撃つ以上、負けるわけにはいかない。

もちろんベコノベ作家として新米の僕が、サイトを背負って戦うなんて言うつもりはない。でもあの場所で戦う限り、今の僕に引くつもりはなかった。

「作家としては、確かに向こうのキャリアが上なことはわかっている。でもベコノベに関しては、間違いなく僕たちに一日《いちじつ》の長《ちょう》があるはずさ。決して勝算は少なくないと思う」

「だな。となればだ、あとはどうやって戦うかだが……なにか考えはあるのか？」

その優弥の問いかけ。

それに対して、僕は頭の中で揺蕩《たゆた》っていた内容を、そのまま言葉にした。

「基本的にはベコノベらしく戦うつもりだよ。でも書籍化を目指してランキングを駆け上がろうとした時と違い、今回はコンテストの日程も決まっているからね。たぶん前の放浪記の作戦を、そのまま使うことはできないかな」

「日程か……確か九月の二週目にある一次選考は編集部が行い、十月の最終選考は純粋なポイントで判断するって話みたいだな」

それはベコノベで昨日告知された応募要項に記載されていたことであった。

八月一杯までの募集で、一次選考が九月、最終選考が十月。

あくまでメインが小説大賞であるが故に、漫画原作への応募は少ないだろうと見越したスケジュールだと僕は考えていた。

「でも変わってるわよね。最初が編集の審査で、次がポイント勝負なわけでしょ。普通なら逆じゃないの？」

「まあな。だけどその辺はたぶん、ゲスト枠があるせいじゃねえかな」

「ゲスト枠のせい？」

優弥の回答を受けて、由那は僅かに首を傾げる。

そんな彼女に向かい、優弥は一つ頷くとそのまま口を開いた。

「ああ。神楽先生がゲストで参加するから、編集が最終選考を内々に行ったら、色々と勘《かん》ぐられかねないだろう？　だから公平な条件に見せるためにも、最終選考はポイント制にせざるを得ないってわけだ」

「そういうわけか。なるほどね」

優弥の説明に、由那は納得したように大きく頷く。

それに補足するような形で、僕は自分の見解を二人に告げた。

「うん、僕もそう思う。だからこそ漫画原作に向かない作品は、予め一次で落とすつもりかもしれないね」

「十分に有り得る話だな。まあ事前にそれを防ぐために、色々と規定事項が用意されたんだろう。ポイントだけで選ぶとなると、完全に編集部のコントロールを外れちまうだろうからな」

「キャラの指定の件だね」

優弥の言葉を受けて、僕は由那の顔を見ながらそう口にする。

今回の原作募集は、あくまで由那の描く作品の原作募集である。だからこそ、予め彼女のイラストから応募される作品が大きくずれないよう、何人かのキャラなどは、その容姿や大まかな設定が規定されていた。

「そうそう。音原のキャラ設定が先にあって、今回はそれに沿った作品を書かせるわけだ。敢えて言うなら、ベコノベでたまに行われるネットゲームのノベライズコンテストに近い形だな」

「そう言えば、たまにコンテストやってるよね」

国内でも有数の小説投稿サイトであるベコノベでは、様々な出版社の小説コンテストが開催されている。今回の士洋社のものもその一つではあるのだが、同時にゲーム会社主催のノベライズコンテストなども定期的に開催されていた。

これらのコンテストに関しては元となるゲームが存在するため、普通の小説賞と異なり様々な規定が設けられる傾向にある。もちろんそれと比較すると、今回の原作コンテストの規定は緩《ゆる》やかなものではあり、僕の感覚としてはちょうど中間と言ったところだった。

「しかしこの応募要項を見ると、相変わらず誰かさんの描くキャラは、本人と同じで安定の悪役顔だよな」

スマホを操作してコンテストの募集ページを開くと、優弥は意味ありげな笑みを浮かべながら由那へと視線を向ける。

「誰が悪役顔よ！」

「はは、あんまり怒ると本当に悪役っぽくなるよ」

「昴まで！　もうっ」

優弥の悪乗りに乗っかった僕は、たちどころに由那に叱責《しっせき》を受ける。

僕はごまかすように苦笑しながら、話題をそらそうと、優弥のスマホを覗き込んだ。

「冗談だって。ともかく、主人公が若い長髪の美人で名前がエミナ・メルチーヌ。あと髭《ひげ》の壮年紳士と、若い美青年を出すこと……か。なるほどね」

「なんだかんだで、結構キャラを描かされたんだな」

「まあね。急ぎで数キャラ分のイラストをくださいって言われたけど、まさかこのためだったとは思わなかったわ」

ほんの少し疲れた素振りを見せながら、由那は小さく頷く。

一方、優弥は顎に手を当てながら、何かに気づいたように声を発した。

「ふむ……これはあくまで俺の予想だけど、たぶん編集部のもう一つの狙いは既存作品を弾《はじ》くことじゃねえかな」

「既存作品を弾く？」

優弥の口にした言葉を、由那は尋ね直す。

「ああ、この審査は既存の作品を転用して応募してもいいことになっている。でだ、もし既にベコノベ内で人気がある作品が応募してきたらどういうことになる？」

「ポイントが高い作品が殺到したら、誰も新規で応募しなくなるでしょうね。勝てないってわかるでしょうから」

由那は苦い表情を浮かべながら、予期されうる事態を口にする。

優弥はその通りとばかりに大きく頷いた。

「そうだ。そして人気作品が漫画原作に向いているとは限らねえ。元々それ用に書かれたわけじゃねえからな。もちろん一次選考でその辺りの作品を弾けないわけじゃないだろうが、人気作ってのはそれだけベコノベ内でのファンが多い。編集部としても無駄な揉《も》め事を避けたいってのが本音だろう」

「無駄にマイナスのイメージは付けたくないでしょうからね。だからキャラクター縛《しば》りを用意したってわけね。これで表向きは作品転用も受け付けると言いながら、実際は漫画原作用の新規作が中心になる」

「さらに姿だけじゃなくて、名前にも編集部は決まりを作っている。これだけの縛りがあると、いくら漫画化を狙いたかろうが、今の作品のキャラクターまで変えなきゃだめになる。さすがにそこまでする奴は稀《まれ》だろう」

「なるほど。そう考えてみると、一次選考までに一万五千字以上っていう条件はともかく、最終選考時点で三万字以上五万字までっていう文字数制限はそのためなんだろうね。つまり既存の長編作の応募を抑制するためでさ」

優弥の言葉に続く形で、僕はもう一つの応募要項に含まれていた投稿作品に対するフィルターの存在を口にする。

それに対し、優弥は大きく首を縦に振った。

「ああ。それ以外にも、へたに長編が受賞して打ち切りになったら、色々と揉めるだろうからな。その意味でも、手頃な分量の原作が欲しいってのは正直なところなんだと思うぜ」

「いずれにせよ。まずはきちんと一次を通過できる作品を……つまり漫画原作を意識した作品を作らなきゃダメってことだね」

いくらポイントが取れる作品を書こうとも、漫画原作に向かなければ、その作品を編集部が採用する理由がない。それはあまりに当然のことだった。

するとそのタイミングで、由那が僕たちに向かい一つの指摘を行う。

「だとしたら、まずは士洋社の『月刊クラリス』の作品を読むべきじゃないかしら」

「えっと、どういうこと？」

由那の発言の意味がわからず、僕はすぐに問い返す。

彼女はそんな僕に向かい、完全に盲点《もうてん》となっていた一つの重要な事項を教えてくれた。

「だって、『月刊クラリス』の連載になる漫画原作なんでしょ。だったら、今連載している作品と被っていたらダメじゃないかしら」

「あ……そうだ。確かにいくらいい原作を書いても、同じジャンルの作品は採用してもらえねえよな」

「そうだね。気づかなかったよ。ありがとう、由那」

僕は自分の視野の狭さを反省すると、由那に向かって感謝を口にする。

その反応を目にして、突然由那はソファーからスクッと立ち上がると、僕らの背後に並べられた本棚へと歩み寄っていった。

「貴方がコンテストで勝てば、私が描く作品だからね。となれば、『月刊クラリス』のカラーに沿いつつ、最近の連載作品と被らないものがいい。というわけで、早速始めるわよ」

「始める？　なにを？」

突然の由那の言葉に、僕はそう口にすると、優弥とともに首を傾げる。

すると由那はすぐさま、意味ありげな笑みを僕たちへと向けた。

「もちろん読書に決まってるでしょ。安心して、ここ五年分の『月刊クラリス』とその単行本は全部ここにあるから」

彼女はそう告げるなり、自らの目の前にある巨大な本棚を僕たちへと指し示す。

それを目にした僕と優弥は、お互いの顔を見合わせると、とたんにげっそりとした表情を浮かべ合った。

そう、彼女の指し示す本棚に並べられていたものは、書店ではそのコーナーにさえ立ち寄ったことがないものばかり。つまり、これまで僕たちとはまったく無縁であった、華やかな男女が表紙を飾る女性向け漫画に他ならなかった。

第九話

少女漫画とベコノベの親和性は高い!?　夏休みの登校日で暑さにまいりながら優弥とだべっていると、ベコノベと女性向け漫画は遠いように見えて、意外と共通点が存在することに気づいた件について夏休みもまっただ中の月曜日。

今や帰宅部となった僕は、学校の中庭のベンチに腰掛けながら、天を仰いでいた。

「なあ、なんで登校日なんてのがあるんだ。このクソ暑い中、あんな蒸し風呂みたいな部屋にいられるわけねえのによ」

隣の席に腰掛けながら、パタパタと手で顔を扇《あお》ぐ優弥は、不満溢れる口調でそう漏らす。

そんな彼に向かい、何気《なにげ》なしに僕はちょっとした豆知識を披露した。

「昔はさ、先生の給料日に合わせてたらしいよ」

「は？　じゃあ、俺たちは教師が給料を受け取りに来るおまけってわけ？」

優弥は頬をピクリと引きつらせ、暑さのせいか僅かに声を荒らげる。

僕はそんな彼に対し、苦笑を浮かべながら軽く肩をすくめてみせた。

「さあ、どうだろうね。でも給料が手渡しだった頃の話らしいし、今は関係ないみたいだけど」

「お前さ、そんな知識何処で知ったわけ……いや、だいたいわかるけどさ」

優弥のその口ぶりから、僕はネタ元がバレていることを理解する。だからこそ、隠す必要を感じず、そのまま口にした。

「うん。昨日は予備校に行ってたからね」

「やっぱりあの人か。ほんとなんでも知ってる人だよな」

純粋なる感心とほんの少しの皮肉。

それが優弥の言葉の中から透けて見えた。

やはり編集を名乗り、ベコノベを分析しながら作戦を立てている彼にとって、津瀬先生は気になる存在なのだろう。

「実際何を聞いてもさ、わからないなんて言われたことほとんどないからね」

「かぁ、凄《す》げぇよな。俺もあの人くらい頭が良かったら、受験勉強でこんな苦労しなくて良かっただろうに。いっそ代わりに試験を受けてくれねえかな」

こぼれだした優弥の憂鬱《ゆううつ》。

それを耳にした僕は、苦笑交じりに彼をたしなめた。

「今時、替え玉受験なんて流行らないよ」

「替え玉がダメなら、人海《じんかい》戦術をするか？　受験の教室を全て身内で固めたら――」

「あのさ、なんでまっとうに受験するって選択肢がないわけ？」

ルール違反かつ実現不可能な作戦を口にする優弥に対し、僕は彼の言葉を遮る形で軽くそう問いただす。

すると、優弥は軽く肩をすくめながら、小さく首を左右に振った。

「仕方ないだろう。俺が受験決めたのはこの夏休みからだぜ。既に他の連中とは一周差くらい付いてるわけ。なのに強引に受験させようとするどこかの誰かさんがいるからさ、俺も苦労してんだよ」

「そりゃあ、どこかの誰かさんのために、頑張るしかないね」

誰よりもどこかの誰かさんをよく知る僕は、優弥に向かってあっさりとそう宣告した。

一方、優弥は苦い表情を浮かべながら、僕に向かって僅かな反撃を試みようとする。

「そうなんだよな。本気でうちの親にまで根回ししやがったし」

そう、書籍化が決まり最低限の条件を出版社から提示された時点で、僕は彼の母親に大学の話をしに行った。

最初は戸惑いと丁重《ていちょう》な断りの返事を頂くこととなったが、僕の根気と弟さんたちの説得により、前向きに検討するとの回答を引き出すことができている。

「どこかの誰かさんは、本当に良い人だね」

「俺に言わせれば、そんな暇があるなら、もっとまじめに小説書けって言いたいところだけどさ……おまえもそう思わねえか？」

優弥のその問いかけに、僕は薄く笑ってごまかすと、逆に彼に向かい一つの問いを口にした。

「ささて、どうだろうね。ともかくさ、結局どこの大学受けるつもりなわけ？」

「……戸山《とやま》文化大学」

その回答を耳にした瞬間、僕は驚きのあまり思わず口をポカンと開けた。

戸山文化大学。

それは同じ東京に存在する三田《みた》義塾《ぎじゅく》大学と並び、日本を代表する名門私学の一つである。

少なくとも慌てて受験勉強を始めた男が、普通ならば口にするような大学の名前ではなかった。

「えっと……本気なんだよね？」

「まあな。と言うか、仕方ねえだろ。大学に行くこと自体が目標じゃねえんだから」

そう口にした優弥は、プイッとよそを向く。

その言葉を聞いて、彼が大学の先を見通しているからこそ、その選択肢を選んだことを僕は理解した。

そう、かの戸山文化大学は古くから名門としての歴史がある故に、昔からマスコミやメディア関係に卒業生を多数輩出していることで知られる。

だからこそ、受験に際して求められる水準は高いながらも、編集者を目指す優弥がその名を口にすることは極めて妥当《だとう》であり、そこからも彼の強い決意の程が窺《うかが》えた。

「僕との約束を守るために……か。ごめんね」

「お前が謝るなよ。第一、お前らにばかり良いカッコさせられないしな」

優弥はそう口にしたところで、ようやくいつもの笑みを浮かべる。

「でも、だとしたら本気で頑張らないと行けないよね」

「ああ、そうなんだよな。息抜きを兼《か》ねてるとはいえ、ホントはこんなの読んでる場合じゃねえんだよ」

優弥はそう言いながら、かばんの中から一冊のコミックを取り出す。

その表紙には、可愛《かわい》らしい少女が多数のイケメンに囲まれるイラストが描かれていた。

「こんなのって言ってるのがバレたら、由那がまた怒るよ」

「大丈夫、あいつ今日の登校日サボってるから」

そう言うなり、優弥は軽く鼻で笑う。

確かに先ほど出席したホームルームに、彼女の姿はなかった。

「ああ、それでいなかったんだ」

「別に出席は義務じゃねえし、欠席扱いにもならねえらしいからな。その辺も、あいつらしいと言えばあいつらしいけど」

「でも、何してるんだろう。漫画のトレーニングかな」

由那の欠席理由が思いつかなかった僕は、最も考えうることを挙げてみる。

だがそれは、優弥によってあっさりと否定された。

「いや、時期が時期だけに多分違うだろうな」

「時期？　どういうこと」

「お祭りがあるんだよ。あいつ好みのお祭りが。だから多分、新しい衣装でも作ってる頃じゃねえかな」

夏真っ盛りのこの時期である。

考えられるものは、夜店《よみせ》が並ぶような夏祭りであるが、だとしたら由那は浴衣《ゆかた》を自作しているのだろうか。

正直言って僕には、由那が浴衣を作っている姿が想像できなかった。

一方、そんな僕の悩む様子を見て、優弥は薄く笑いながら説明を続ける。

「あいつがローズムーン好きなのは知ってるだろ？　だから、その自作の服を着る祭りがあるんだよ。薄い本がたくさん売られている、ちょっとした祭りがな」

「へぇ、世の中には色んな祭りがあるんだね」

薄い本の意味がよくわからなかったけど、とりあえず何らかのお祭りだと納得して、僕は一度頷く。

「ああ、昴の知らない祭りさ。ともかく、こんなのとは言ったものの、面白かったのは事実だぜ。正直女性向けの漫画をなめていたよ」

「やっぱり優弥もか。僕も色々と目からうろこでさ。もちろん最初はちょっと抵抗があったけど、ちゃんと読むとミステリーや本格ファンタジーなんかもあって、イメージとは全然違ったんだよね」

「そうなんだよな。その意味では、これまで色眼鏡で見てたって俺も反省してる」

僕の言葉にまったく同意見だったようで、優弥も大きく頷いてくれる。

それを目にしたところで、僕が女性向け漫画を読んでいる中で気づいた、一つの欠かすことのできぬ要素を彼へと告げた。

「ただやっぱり基本、恋愛は外せないよね。その意味では、前の応募作はそこに問題があったかも知れないって思ったよ」

「どういうことだ?」

「あれって悪役令嬢が、ヒロインを助ける話だったよね。つまり男性が出てこないから、恋愛要素がなかった」

「最近じゃあ、女性と女性の恋愛もあるみたいだけど」

軽く笑いながら、優弥は思わぬ反例を口にする。

その意味するところを理解し、僕は一つ頷きながら、軽く鼻の頭を掻いた。

「一般的にはね。でも、さすがにあの原作を書いた時は、そこまで考えてなかったよ」

「だろうな。ともあれ、勉強時間は奪われたが、俺にとっても今回はいい経験だったよ。

男性漫画に比べて、女性向けの漫画は等身大の女の子が主人公のことが多いってことにも気づけたしな」

「それは僕も思った。普通の女の子ってことがよく強調されているよね」

確かにそれは僕も初めて女性向け漫画を読んで、すぐに気づいたことだった。全てではないにしろ、比較的多くの作品で主人公はごく普通の女の子であり、その恋愛相手となる男性が、結構ハイスペックのイケメンだったりする。

「ああ。で、改めていくつか男性ラブコメを見なおしてみたわけだが、恋愛物は男性漫画でも結構普通の少年が主人公なんだよな。バトル物なんかは天才主人公も結構多いけど」

僕は顎に手を当てながら、頭のなかでいくつかの漫画をパラパラとめくっていく。

すると確かに優弥の言う通り、ラブコメものはちょっと情けないくらいの主人公が多いということに気づいた。

「つまり恋愛ものを書く場合は、男女問わず読者目線を意識した作品が大事ってことかな」

「たぶんそうなんだろうな。その意味で今度のコンテストは、やっぱりベコノベとは結構相性が良い気がしたぜ」

ニヤリとした笑みを見せながら、優弥は僕に向かってそう告げる。

その意味するところ、それを僕は確認するように口にした。

「ベコノベとの相性か……それってつまり、異世界転生との相性ってことだよね」

「そうそう。異世界転生する前、つまり現代にいる時の主人公は、普通かちょっと残念な感じの設定が多いだろ。たまにとんでもない超人が交じってたりするけどさ」

優弥の言う例外はすぐに何作品か思い浮かんだけど、基本的には普通の青年やおじさんが異世界転生するケースのほうが多い。

つまりその意味では、ベコノベと女性向け漫画との親和性は比較的悪くないように思われた。

「それはそうかも。その意味では、読者目線に寄り添った作品と言えるわけだね」

「あとベコノベの異世界転生は、現代の用語を全て使えるからな。その意味でも、読者目線に沿った設定なんだと思う」

「現代の用語が使える……か」

「そうだ。例えば、現地ものって言われる転生のないファンタジーと、異世界転生を比べてみるとだ、後者のほうが恐ろしく表現の幅が広いんだよ。飛行機とか車に何かを喩えたり、極端に言えば東京タワーなんかまで高さの比喩に使えるんだぜ」

異世界ファンタジーで現地人を主人公に据えた場合、僕たちが日常的に使っているものや対象を、その喩えに使うことはできなくなる。それは当然、その世界に存在しないからだ。

だが異世界転生した主人公なら、魔法のほうきで空を飛んでいる魔女を見ても、飛行機のように飛んでいるなどといった比喩が使えるし、貨幣は全て現代の通貨に喩えて千円や十万円くらいの価値などと表現することができる。

これはおそらく読む側にとって、その異世界を理解するための大きな助けになると思われた。

「もっともファンタジーの世界で、東京タワー並みの建築物が出てきたら、なんか崩れそうで怖いけどね。ともあれ、優弥の言いたいことはわかったよ」

「ああ。というわけでだ、女性向け漫画を読んで、やっぱりそのあたりはしっかりと押さえておきたいと俺は思った。つまり間口は広くだな」

「そして奥行きのある物語。それが理想だね」

物語を読んでもらうための心理的ハードルはできるだけ低くしながら、それでいて骨太と感じさせられるような作品。

今すぐ書けるとは言えないけど、やはり目指すべきはそこなんだろうと僕は改めて思う。

「で、どうするかってところだが……思ったよりスタートも締め切りも近い。そろそろプロットを仕上げないとまずいよな」

「もっとも、今回はコンテスト期間が短いから、たぶん指定の文字数も少なめなんだろうけど」

同時に開催される小説コンテストは最低文字数が十万字以上となっており、漫画原作部門の最大五万字までとは大きな差が存在した。

その理由は先日考えたように既存作品の応募抑制もあるとは思われる。しかしそれ以上に、コンテストの告知がぎりぎりになったことがその原因ではないかと考えられた。

一方、優弥は更にそれ以外の可能性を、僕に向かって指摘してくる。

「それ以外に、漫画原作ってことも大きいと思うぜ。五万字でもコミック一冊分の原作としては十分以上な気もするしな」

「そっか、小説じゃないもんね」

「そういうことだ。だがいずれにせよ、猶予《ゆうよ》はあまりない。他の連中より優位に立つためにも、今回のコンテストに適した戦略を考えないとな」

僕が彼の発言に納得している間にも、優弥はさらに一歩前を進み、今回のコンテストの作戦を考え始める。

それを受けて、僕も自らの見解を口にした。

「つまり、ポイントを稼ぐための投稿戦略も重要になるってわけだね。となると、早めに投稿を開始したほうがやっぱり有利かな」

「まあ基本的にはな」

早く作品を投稿し、ポイントが貰える態勢を整えたほうが有利。

そう考えていた僕にとって、優弥の物言いはやや引っかかるものであった。

「基本的には？　何か例外があるってこと？」

「ベコノベの場合、投稿期間ではなく、投稿間隔や投稿タイミングの方が重要な事が多い。それはお前も知っているだろ？　だから投稿を焦るだけじゃなく、きちんとスケジュールを組まなきゃいけねえってわけだ」

「投稿スケジュールか……今の放浪記の連載ペースを落とすわけにもいかないしね」

そう、それはあくまで大前提である。

今回の件と放浪記は何の関わりもない。

だからこそ、放浪記を待っている読者さんと、僕の作品を評価してくださったシースター社さんに迷惑をかけることだけはできなかった。

「だな。まあそれを言い出せば、神楽の奴にも商業の仕事がある。決して一方的に不利なわけじゃないし、とにかく頑張るしかないさ」

「そうだね。でも問題は、他のベコノベ作家までそうとは限らないところかも」

「確かにな。敵はあいつだけじゃないってことだ」

僕の言葉を受け、優弥は僅かにその表情を引き締める。

そんな彼に向かい、僕は一つ頷くとともに、改めて言葉を続けた。

「もちろん本命だろうし、警戒は怠《おこた》るべきじゃないと思う。でも、神楽先生ばかりを見ていて、足をすくわれるわけにはいかないしね」

「スルーパスの送り先を探していて、後ろから来た敵によくボールをさらわれてたからな、お前は」

優弥からの思わぬ指摘。

それを受け、僕は思わず苦笑を浮かべる。

「はは……そんなこともあったね。ともかく、先ず大前提は一番を取ること。それだけを考えよう」

「ああ。しかもベコノベらしく、更に由那の作風にあった原作でな。となるとやはりだ」

優弥がそう口にしたところで、僕たちはお互いの顔を見合わせる。

そしてほぼ同時に、僕たちは同じ結論を導き出した。

「悪役令嬢ものだね」

「悪役令嬢ものだな」

二人の言葉がハモるように発せられたところで、僕たちの口からは再び重なるように笑い声がこぼれだした。

「ジャンルは決まったし、ちょっと図書館で使えそうな資料を調べてくるよ。前に書いたのは、読み切り用だったから細かいところは詰められてなかったし」

前回、由那の新人賞のために書いた原作は、三十二ページの短編だったために、世界観の詳細までは決めていなかった。

しかし今回は短編ではない。

だからこそ、僕はかつて先生に言われた通り、悪役令嬢の世界に奥行きを出すため、しっかりと下調べをしようと心に誓っていた。

「そうだな。今度は連載が前提なんだ。世界観からしっかり詰めとくのが正解だろう」

「うん、僕もそう思う。というわけで、僕はそろそろ行くよ。優弥は今日バイトだよね？暑い中、無理しない程度に頑張ってね」

僕がそう口にすると、優弥は途端に苦い表情を浮かべる。

優弥が行っているバイトはホームセンターの園芸部門。

つまりこの雲一つない快晴の下で働く必要があるわけで、彼は憎々《にくにく》しげに真夏の空を見上げると、深い溜め息を虚空《こくう》に吐き出した。

第十話

市立図書館で出会った女の子はうちの文芸部員!?　資料を探しに市立図書館に行ったら、目当てとしていた本だけではなく、学校の後輩にあたる黒髪の文学少女と出会うことになった件について衣山市立図書館。

こぢんまりとした街の規模に見合わず十分な蔵書数を誇り、近隣の短大生なども頻繁《ひんぱん》に利用していることで知られている。

なんて訳知り風を装ってみたものの、僕自身はつい最近まで一度たりとも足を運んだことがなかった。

もっともこのところは、本当に頻繁に出入りしているわけだけど。

「さて、とりあえず来てみたものの、城や政治関係の本は放浪記の時に調べたのと大きく変わらないよな。もちろん細かいところは調べ直さないといけないだろうけど、やっぱり優先するのは服装だよね」

ロビーで僕は一人そう呟きながら、目的とする欧州の歴史・文化コーナーへと足を運んでいく。

そう、今回最優先すべきは服装である。

これまで中世ヨーロッパをモデルにした作品を書いてきたこともあり、世界観構築に必要な最低限の知識は、だいぶ身についてきたと多少自負《じふ》している。

だが今回は、悪役令嬢にメインスポットを当てる以上、華やかな貴族の文化や服飾を描く必要があった。そして当然の事ながら、現実のパーティなるものでさえ、先日由那に同伴させてもらい、お上りさんの体で経験したものが唯一である。

となれば、当時の華やかな貴族文化を学ぶために、資料に当たることはもはや必須と言えた。

「とりあえず、悪役令嬢がどんな服や小物を使っていそうかってところからだよね。でも中世の服となると、本当に時期によってかなり違うはずなんだよな。津瀬先生も言っていたけど」

僕は初めて津瀬先生とお会いした日のことを思い出しながら、図書館の中でも屈指《くっし》の不人気コーナーである目的の一角へと辿《たど》り着《つ》く。

そして役に立ちそうな書物を求めて、その背表紙を順に眺めていった。

「エリザベス一世の王宮事情か……これは近世になるから、もう少し手前かな」

以前、津瀬先生にも講義頂いたことがあるが、中世は西ローマ帝国が滅亡した五世紀終わり頃以降から、十六世紀中頃の宗教改革までを指すことが多い。

もちろんベコノベの異世界転生の舞台は、この世界とまるで同じ必要はないから、文化や時代設定は人によって異なっているし、厳密に中世でなければならない理由はない。

でも僕は津瀬先生の言うように、世界に奥行きを与えるためには、厳密な資料をモデルにした上で、ファンタジー要素を加味《かみ》したいと思っていた。

そうして、無数に並べられた本の背表紙を順に眺めながら、僕は求める本を探し続ける。

すると、同コーナーの端に先客となる黒髪の少女の姿を目にした。

珍しいこともあるものだと僕は思う。

この欧州の歴史・文化コーナーはいつも閑古鳥《かんこどり》が鳴いていて、図書館に来るようになってから日は浅いものの、僕しか利用者はいないものだと思っていたからだ。

「取ろうとしているのはこれかな？」

肩までかかる黒髪を持った小柄な少女は、頑張って背伸びをしながら、一番上の段にある書籍を取ろうとしていた。だから僕は、ゆっくりと隣まで歩み寄ると、彼女が手を伸ばそうとしていた本を指差す。

「え……あ、えっと……はい、それです」

「『女性服の歴史と文化～中世から現代への変遷《へんせん》～』か。へぇ、これもいいな」

指差した本のタイトルを口にして、僕は先を越されたなと苦笑を浮かべる。

そして彼女の代わりに本を手にすると、少しだけと思いながら本の中身をパラパラとめくった。

「あの……先輩？」

「ああ、ごめん。ちょっと興味深くてさ」

書籍の中はルネサンス期の女性の服飾から、現代女性のファッションまで、それぞれが文字とイラストで丁寧に解説されており、その中世のものに関しては出典元となる絵画の資料なども各ページに記されていた。

それは間違いなく僕の知らない世界。

そして同時に、当時の女性の憧れを表しているに違いない世界そのものがそこに記されていた。

僕はちょっとした思いを胸に秘めつつ、少しだけと思いながらついつい次のページをめくっていく。そうしてしばらく経ったところで、僕はようやく目の前の少女の不安げな眼《まな》差《ざ》しに気づき、苦笑を浮かべながら慌てて彼女へと本を手渡した。

「あ……ありがとうございます」

「いや、気にしないで……と言うかさ、むしろちょっと君に相談があるんだけど」

「え、私……ですか。えっと、なんでしょう」

黒髪の少女は戸惑いを見せながら、不安げな表情を浮かべつつそう問いなおしてくる。

そんな彼女に向かい、僕は端的に要点を尋ねた。

「その本さ、今日借りる予定なのかな?」

「はい。そのつもりですが……」

依然として戸惑いの隠せぬ返事。

そんな彼女に向かい、僕は苦笑を浮かべながらその口を開いた。

「そっか。だったら次に貸してもらえないかな」

「次に……ですか？　えっと、先輩って服飾系にご興味があるんですか？」

訝しげな表情を浮かべながら、黒髪の少女は僕に向かってそう問いかけてくる。

確かに考えてみると、あまり男子高校生が借りるような内容ではない。だからこそ、彼女が変な顔をするのも妥当なところかと僕は納得した。

「そんなことはないんだけど、作業に必要でさ」

「作業……ですか」

「うん、ダメかな？」

どう説明したものかわからなかった僕は、誤魔化《ごまか》すような笑みを浮かべながら、そう口にする。

途端、黒髪の少女は僅かにうつむき加減となると、本を強く胸に抱えた。

「いえ、別に私の本というわけではないので、ダメじゃないですけど……その、予約をしたら問題ないと思いますよ」

「予約？」

聞いたことのない話を耳にして、僕は思わず首を傾げる。

すると、少女は僕に向かって優しく説明をしてくれた。

「はい。司書《ししょ》さんに言えば、待機リストに名前を載せてもらえるはずです」

「へぇ、待機リストか。なるほど、そんなのがあるわけだ」

僕は顎に手を当てながら、図書館に対する自らの理解の浅さを恥じずにはいられなかった。

そして同時に、いま耳にした待機リストというシステムを上手く使えば、これからより図書館利用が捗《はかど》るのではないかと、僕の脳裏ではそんな打算が働き始める。

一方、僕がそんなことを考えながら一人頷いていると、目の前の少女は不思議そうな視線を僕へと向けてきた。

「あの……先輩は、あまり来られないんですか？」

「恥ずかしながら、先月くらいから来るようになってね。正直、初心者みたいなものなんだよ」

言うなれば図書館初心者とでも言うべきだろうか。

もっとも、図書館に玄人《くろうと》とか初心者とかあるのかは知らないけど。

「そ、そうなんですか。あの……特に予約が入ってない本ですし、次は先輩になると思うので安心してください」

「なるほど、人気の本だと当然結構順番待ちになるわけだ。その意味では、ここのコーナーの本だったら大丈夫そうかな。あ、そう言えば先輩って言ってくれているけど、もしかしてこれまでに会ったことあったかな？」

先ほどから、目の前の少女は僕のことを先輩と呼んでくれていた。改めてそのことに気づいた僕は、少し申し訳なさを覚えながらそう尋ねる。

途端、少女は先程までのこわばっていた表情を少しだけ緩めた。

そしてほんの僅かに口元に笑みを浮かべながら、僕に向かってあまりに当たり前なその理由を説明してくれる。

「いえ。でもその制服、藍光高校《あいこう》ですよね。私一年なので、多分先輩かなと」

「そっか。はは、うちの学年は今日が登校日だったからね。しかしなるほど、うちの一年生か。えっと、三年の黒木昴って言うんだけど君は？」

「如月愛《きさらぎあい》って言います。黒木先輩ですね。え、黒木……先輩？」

僕の名を二度口にした彼女は、突然目を見開くとキョトンとした表情を浮かべる。

その反応の意味するところがわからなかった僕は、彼女に向かって尋ねてみた。

「うん、黒木だけどどうしたの？」

「あの……先輩って、もしかしてサッカー部の？」

「はは、正確には元サッカー部……かな。いろいろあって、少しだけ早く卒業してね」

わざわざ怪我《けが》の話をする必要もないと思った僕は、軽く頭を掻きながらそう答える。

その僕の返答に対して、わずかに怪訝《けげん》そうな表情を浮かべながらも、如月さんは一つ頷いた。

「そうなんですか」

「うん、そうなんだ。しかし僕が言うのも何だけど、こんなマニアックな本を何に使うの？」

「ちょっと小説の資料に……」

「小説の資料か。なんだ、僕と同じだね」

確かに由那ではあるまいし、服を作るためってことはなかったようだ。僕はそう考えながら、納得したように頷く。

一方、目の前の如月さんは、僕の回答を耳にして、いつの間にかその目を丸くしていた。

「せ、先輩。小説を書いているんですか？」

「うん、そうだけど……どうかしたの？」

僕は彼女の表情の変化の意味がわからず、やや戸惑いながらそう返答を行う。

すると、先程までのおとなしかった如月さんの様子は一変し、突然、僕へと詰め寄ってくると、急にシャツの裾を強く引っ張ってきた。

「あの、あの、あの……もしご迷惑でなければ、うちの部に入ってもらえませんか？」

「うちの部？」

やや小さかった声が突然大きくなり、急に積極的な態度を見せてきた彼女に僕は戸惑う。

そんな僕に対し、如月さんは力強く頷くと、精一杯絞《しぼ》りだすような声で僕に向かって一つの願いを叫んだ。

「はい。幽霊部員でも構わないんです。だから、どうかお名前だけでも！」

その切実さにあふれた声に、理由はわからないものの、彼女の願いが心からのものであると僕は理解した。

だが同時に、僕は一つの致命的な問題に気づいた。

だからこそ、迫ってきた彼女の肩に手を置き、少し距離を取らせる。そして、できる限り小さく、そして可能な限りはっきりと彼女に向かってその問題を口にした。

「あの、如月さん。別に名前を貸すのはいいんだけどさ、図書館はお静かに……ね」

途端、目の前の色白の後輩の頬は、それはそれはもう夕日のように真っ赤に染まっていった。

第十一話

文芸部に入る条件!? 後輩の女の子とファーストフード店で話していたら、突然由那が現れて、僕以上に彼女のことを〈コスプレ仲間を求める意味で〉気に入ってしまった件について

「なるほどね。如月さんは文芸部に入っていて、部員が少なくて困っていると、そういうわけだ」

それぞれ目的とした図書を借りた後に、彼女の話を聞くため、僕たちは駅前のファーストフード店へと足を運んでいた。

「そ、そうなんです。文化祭の登録の日までに部員が四名以上いないと、参加資格が貰えなくて……」

「で、今は何人いるの？」

「その……私一人です」

如月さんは、うつむき加減のまま、恥ずかしそうにそう告白する。

そんな彼女の置かれた状況の悪さを知って、僕は思わず確認を取らずにはいられなかった。

「え……じゃあつまり、あと三人必要ってこと？」

「そうなんです。去年の卒業生は五人も文芸部員がいらっしゃったみたいなんですけど、先輩の学年や二年生に入部される方がいらっしゃらなかったみたいで……」

だんだん弱々しい声となりながら、如月さんは僕に向かって申し訳なさそうにそう告げてくる。

一方、僕は彼女の説明から、一つの疑問を抱いていた。

「でも、文化祭はともかく、学校の部活って一人でも大丈夫なの？」

「はい。新規で申請する場合はいろいろ制約があるみたいなんですが、継続の場合は一人でも大丈夫みたいです。なので、文芸部自体に存続の問題はないのですが、文化祭は流石に……」

「確かに、一人や二人のよくわからない出店が増えたら、文化祭の実行委員会も大変だろうからね」

藍光高校の文化祭では無数の出店や芸術関係の発表が、毎年校内のあちこちで所狭しと行われる。そのため、文化祭実行委員はその場所の振り分けや監督なども含め、当日は非常に激務となることで知られていた。

「委員会の方の言い分はわかるんです。だから無理は言えないと思ってました。でも文化系の部活なのに、文化祭に出店しないというのはちょっと寂しくて……」

「確かにそういうものかも。僕もサッカー部の頃は、毎年体育祭が楽しみだったしね」

陸上部の連中に負けないことを目標としながら、僕たちは毎年、体育祭の日を心待ちにしていた。

それを文化系のサークルに置き換えてみれば、確かに彼女の気持ちがわかる気がする。徒競走《ときょうそう》に出ず、綱《つな》も引かず、リレーも走らず、何より障害物競走でパンを咥《くわ》えない体育祭なんて、僕には考えられなかったからだ。

だから、目の前でうつむく黒髪の後輩に向かい、僕は首を縦に振る。

「うん、仕方ないよね。わかった、さっきも言った通り、僕はいいよ」

「いいよって……え、本当に入ってくださるんですか！」

僕の返事を耳にした如月さんは、なぜか戸惑ったような素振りを見せる。

だけどその理由が、僕にはいまいちわからなかった。

「うん、だって困ってるんでしょ？」

「それはそうなんですけど……でも」

顔の前で人差し指を合わせながら、不安げな表情を浮かべつつ、如月さんはチラチラと僕の顔を窺ってくる。

後輩であるからこその気後《きおく》れかなと思った僕は、彼女の不安が解ければと軽く微笑み、そしてそれらしい理由も付け足してみせた。

「今の僕は部活に所属していない帰宅部だからさ。部活に入るのもありかなって思っていたんだけど、ダメかな？」

「ダメなんかじゃないです。むしろ、是非お願いします！」

そう口にすると、如月さんは目の前のテーブルに頭を付けそうなくらいの勢いで、深々と頭を下げて来る。

そんな彼女を目にして、僕は思わず苦笑を浮かべた。

「頭を上げてよ。それに僕も小説を書いているわけだしさ、文芸部に入る事自体、そんなに変なことじゃないと思うんだ。だから最初、勧誘しようと思ったんでしょ」

「は、はい。あの、それなんですけど、先輩が書かれている小説って――」

「昴……貴方、何をしているのかしら？」

如月さんの言葉を遮る形で、突然側方から発せられた冷たい声。

それを耳にした僕は、いつもの調子で反射的に返答を行った。

「え、後輩の悩み相談かな。サッカー部時代からさ、よく部員に……って、由那⁉」

説明を行いながら、視線を向けた先。

そこには見慣れたクラスメイトの、不機嫌極まりない表情があった。

「ええ、私よ。っていうか気づいてなかったのね……」

「いや、いつもの声だったから反射的に答えちゃった感じでさ」

僕は鼻の頭を軽く掻きながら、なぜか怒っていそうな彼女に向かい、そう告げる。

すると、由那はこめかみをピクリと動かし、そして怒気を孕《はら》んだ底冷えするような声で僕に問いかけてきた。

「で、改めて聞くけど、かわいい女の子をはべらして一体何をしているのかしら？」

「だから悩み相談だって。うちの学校の一年生らしいんだけど、部員がいなくて困ってるらしくてさ、だから部活に入ってあげようかなって」

「女の子が困ってるから部活に入る？　何よそれ。昴、あなた、絶対怪しげなネットワークビジネスとかに取り込まれるタイプよ」

怒りと呆れが入り混じったような声で、由那は仁王《におう》立ちの姿勢のまま、僕に向かってそう断言する。

一方、そんな彼女を目にして、僕は一つのアイデアがふと脳裏に浮かんだ。

「ははは、ないない。学校の文芸部だから、そんな心配はいらないよ。と言うか、そっか。由那、君も入ってよ」

「入る……部活にってこと？　待ってよ、なんでこの私が、こんな泥棒猫《どろぼうねこ》の部活に……泥棒……うん、いいわ。入る」

如月さんを指差しながら、強い剣幕で拒否しようとしていた由那は、彼女の顔に視線を向けたタイミングで、突然口数が乏しくなる。そして、眉間に寄せられていたしわが、まるで憑《つ》き物が落ちたかのように消えると、彼女は突然コクリと頷いてきた。

「え、あの……由那？」

急にその雰囲気を一変させた由那を目の当たりにして、僕は戸惑いを覚えながら彼女へと呼びかけを行う。

しかし、そんな僕の言葉など耳に入らぬ様子で、由那の視線は眼前の如月さんに釘付《くぎづ》けとなっていた。

「ちょっと、なんで？　なんでこんなぴったりな子がいるの。と言うか、こんな子が学校にいたのに、なんで私は今まで気付かなかったの？」

由那はよくわからないことを口走りながら、おでことおでこがくっつくほどの距離まで、如月さんの顔に自らの顔を近づける。

明らかにやんちゃな由那の予想外の行動。

それに最も恐怖したのは、間違いなくそばに寄られた如月さんであった。

「ちょ、ちょっと、あの……」

「ストップ、由那。少し落ち着こう」

如月さんが明らかに怯《おび》えていることがわかったため、僕は慌てて二人の間に割って入る。

すると、ようやく由那の瞳に理性の色が灯《とも》り直し、彼女は自らが行った行為を恥ずかしそうにしながら、眼前の後輩に向かい謝罪の言葉を口にした。

「え？　あ……ごめんなさい」

「いえ、その……こ、こちらのすごく綺麗《きれい》な方は先輩のお知り合いなんですか？」

如月さんは未だに少し怯えながらも、僕に向かってそう尋ねてくる。

突然何かのスイッチが入ったように如月さんに迫った由那をその目にしながら、僕は簡単に彼女を紹介した。

「うん。僕のクラスメイトでね、三年の音原由那だよ。で、由那、どうしたの一体？」

「いえ、ちょっと……ね」

自分の行動を省《かえり》みて流石に思うことがあったのだろうか、由那は下唇を嚙みながらうつむき加減にそう答えた。

「と言うか、本当に文芸部に入ってくれるの？」

「……そうね。それより、この子の名前は？」

「あの……如月愛と言います」

依然として不安そうな様子ではあったものの、如月さんはそう口にすると、ペコリと頭を下げた。

「そう、愛っていうのね、実にいい名前ね。やはりローズオデッセイに適役だわ」

「ローズオデッセイ？」

由那の口から飛び出したよくわからぬ単語。

それを耳にした僕は、なぜか不吉な予感を覚える。

しかし、そんな僕の内心を知ってか知らずか、由那は突然さらに意味のわからぬ独り言を呟きだした。

「こういう取引を持ちかけるのはずるいってわかってるの。でも、今日だけは神様許してください」

「由那……さっきから、何を言ってるかわからないんだけど」

「愛ちゃん、部員に困っているのなら、さっきも言った通り私も入ってあげてかまわないわ」

「え、あの……本当……ですか？」

たぶん如月さんの顔は喜んでいるように見えた。

もっとも先ほどのことがあったためか、依然として由那に対し、ある程度の警戒はしているみたいだけど。

そんな警戒される立場の当人。

彼女は口元にほんの僅かな笑みを浮かべると、小さく首を縦に振った。

「昴が言っていたように、女の子が困っていたら、助けてあげるのは当然だもの」

「さっき人のこと、ネットワークビジネスに取り込まれるとか言ってた気が……いや、なんでもないよ」

すごい勢いで睨《にら》まれたため、僕は思わず黙りこむ。

その睨んだ当人は、改めて如月さんに向かい微笑みかけると、思いもしないことを口にした。

「それで愛ちゃん、文芸部に入る代わりと言っては何なのだけど、ちょっと私のお手伝いをお願いできないかしら？」

「お手伝い……ですか」

予想外の要望を突きつけられた如月さんは、途端に当惑した表情を浮かべる。

だが僕は、由那が求めるお手伝いを察すると、彼女を安心させるように言葉を挟んだ。

「はは、わかったよ、彼女に何をさせたいのか。あのさ、如月さん。由那は漫画を描いているから、そのアシスタントとして手伝いをして欲しいってことだと思うよ」

「え……ま、漫画⁉　先輩、漫画を描かれているんですか！」

僕の言葉を耳にした如月さんは、驚きの表情を浮かべる。

うん、そうだよね。

僕はそんな彼女の反応に納得する。

何しろこの少し派手目なギャルの見た目で、更にこの性格である。普通は漫画を描いているとは思わないこうけ合いであった。

一方、そんな驚いたような反応を示されたことで、由那はどう反応したものか戸惑いながらも、覚悟を決めたような表情となり、改めてその口を開いた。

「え、うん、そうなんだけど……お手伝いの意味はそれではないの」

「じゃあ、普通にお茶くみとか？」

僕は由那の意図するところがわからず、考えうるお手伝い案を口にしてみる。

すると、由那は首を左右に振り、思いもかけぬことを如月さんへと提案した。

「違う、一緒にきて欲しいのよ」

「来てって……何処に連れて行くつもりなの？」

唐突な如月さんへのお願いを耳にして、僕は首を傾げながらそう尋ねる。

だがそんな僕の問いかけは、彼女の願いと根本からずれていた。

「ちがう、その『来て』じゃないの。私と一緒に服を『着て』欲しいのよ」

「服？　ああ、なるほど。例のお祭りとか言うやつだね！」

「え？」

優弥の言葉を思い出した僕は、納得したとばかりに大きく頷く。

しかし未だ話のまったく見えぬ如月さんは、ただオロオロするばかりだった。

そんな目の前の黒髪の後輩に向かい、由那はニッコリと微笑む。

「今度の夏コミのために私が作ったローズオデッセイの服、貴方に着て欲しいの。それが文芸部に加入する条件よ」

彼女の願いは僕の予想通り、やはりあの趣味のためのものであった。

第十二話

みんなで文芸部に加入!?　バイト終わりの優弥を呼び出し、一日にして部員が四倍となった文芸部だけど、僕と由那がデビュー前のセミプロだと知って如月さんが卒倒しそうになった件について

「遅かったわね」

駅の真向かいにそびえ立つタワーマンションの最上階。

その一室にやってきた灰色の男に向かい、由那はやや不満げな口調でそう言った。

「さすがに帰って着替えなきゃいけなかったからな。これでも結構急いで来たんだぜ。と言うか、人のバイトが終わった途端、急に電話かけてきやがって。俺も別にそんなヒマじゃ……って、誰、その可愛い子」

言い訳混じりの愚痴《ぐち》をピタリと止めると、優弥は部屋のソファーに腰掛けた一人の女性に視線を合わせる。

一方、初対面のチャラそうな男性を目にして、如月さんはどうして良いかわからず戸惑いを見せた。

だから僕が代わりに、彼に向かって紹介を行う。

「僕たちの後輩でね、一年の如月愛さんだよ」

「へぇ、まだうちの学校に、こんな原石《げんせき》が眠っていたとはな。俺は夏目《なつめ》優弥って言うんだけど、以後よろしくな、愛ちゃん」

先程までの不満げな表情が嘘のように、優弥は満面の笑みを浮かべながら自己紹介を行う。

そんな彼の表情を目にして、由那は心底呆れたような表情を浮かべた。

「初対面で愛ちゃんなんて、ほんと馴《な》れ馴れしいのね」

「由那も、最初から愛ちゃんって呼んでた気がするけど」

「私は良いの。女同士だし」

由那は頬をプクッと膨らませながらそう反論する。

そんな僕らのやり取りを受けて、優弥は苦笑を浮かべると、彼は本題を切り出した。

「で、今日の呼び出しは本当のところ何なんだ?」

「ちょっと優弥にお願いがあってね」

「お願い?」

僕の言葉に、優弥は軽く首を傾げる。

すると横から由那が、彼に向かって一つの宣告を行った。

「ええ。あんた、文芸部に入れておいたから、九月からそのつもりでお願いね」

「ちょ、ちょっと待て。なんだ入れておいたってのは。普通お願いと言われたら、入ってくれるかどうかをお願いするものだろうが。なのに、なんで既に入った後のことをお願いされるんだよ」

由那の傲慢《ごうまん》極まりないお願いに、優弥は苦言を呈する。

だがそんな彼の言葉を、由那はあっさりと却下した。

「だって他に使えそうな知り合いなんていないもの。だいたいあんたの名前を借りたって、別に誰も損しないじゃない」

「そういう問題じゃねえよ。と言うか、お前たちの俺の扱いひどすぎねえか」

右の口角を引きつらせながら、優弥が僕たちに向かってそう言ってくると、如月さんが不安そうな眼差しを彼へと向けた。

「あの、ダメ……ですか」

「い、いや、そんなことないぜ。うん」

黒髪の少女の悲しそうな瞳を目にした瞬間、優弥は反射的に首をブンブンと左右に振ってしまう。

そんな彼の反応を目の当たりにした由那は、してやったりといった表情を浮かべ、確認の問いを放った。

「じゃあ、入るのね?」

「お前に言われると、途端に入りたくなくなるな……まあ良いや。文芸部ってんなら、俺たちのやってることとあまり変わらねえだろうしな」

「やってることと変わらない……ですか」

優弥の言葉を耳にして、如月さんは理解できないといった表情で言葉を続ける。

するとそんな彼女に向かい、苦笑を浮かべながら優弥は説明を行った。

「ああ、そいつが小説を書いて、俺が編集と言うか参謀《さんぼう》を務める。そんなことをやってるんだよ俺たち」

「で、私がそれを漫画に描く形ね。というわけで、最後の部員はこんな奴だけど、見捨てないであげてね部長さん」

由那は右の口角を吊り上げながら、嬉しそうにそう言い放つと、途端に如月さんは挙動不審となる。

「え、え、ええ！　も、もしかして部長って、私のこと……ですか？」

自分を指差しながら、如月さんは戸惑いを隠せずそう問いかける。

一方たった今、由那が発したその言葉は僕としても納得のいくものであった。

「そっか、部活だと部長が必要だよね。うん、まあ如月さんが妥当だよね」

「そうそう。あ、でも安心しなさい。その馬鹿にセクハラされた時は、私がきちんと躾《しつけ》してあげるから」

残念なものを見る眼差しで、由那は優弥を眺める。

するとすぐに、優弥の怒気混じりの声が響き渡った。

「躾って、俺は犬かよ」

「犬って言ったら犬に失礼でしょ」

あっさりした口調で、優弥の言葉を切り捨てる由那。

そんな二人のやり取りを前にして、如月さんはクスリと笑った。

「ふふ、先輩たち面白いですね」

「まあ、この二人はいつもこんな感じだから」

如月さんの言葉に頷きながら、僕は苦笑を浮かべつつ一つ頷く。

そんな僕に向かい、眼前の二人から次々と非難の声が上がった。

「昴、自分だけ部外者づらするんじゃねえぞ」

「そうよ。どうせすぐに脳筋だってバレるんだから、黙ってなさい」

「ははは、そうかもね」

脳筋だと言われれば、自分でもそうかなと思うところはある。

だから僕は特に否定しなかったわけだけど、それは目の前の二人にとって不満だったようだ。

「あいつ、脳に筋肉があることを誇りに思っているんじゃねえか」

「有り得る話ね。皮肉が通じない相手がこんなに面倒だとは……」

二人はこぞって失礼なことを口にする。

でもまあ、それもこれも一緒に馬鹿をできるから故のことだと僕は思った。だから、たただ彼らの言葉に笑みを見せる。

するると、優弥が毒気の抜けたような表情を浮かべ、そして話題の矛先を変更した。

「ま、ともかくだ、文芸部ってどんな活動をするわけ？」

「そうですね、毎年文化祭の際には、文芸誌を一冊発行してきたみたいです。あ、先輩たちは別に大丈夫です。私だけでも、なんとか発行できるくらいの原稿はありますから」

「十分な原稿か、愛ちゃんは本当に書く人なわけね」

優弥はそう口にすると、ニコリと微笑む。

その褒め言葉を受けて、如月さんは恥ずかしそうに、両手の人差し指を顔の前で合わせ始めた。

「いえ、読むのも大好きなんです。スタンダールやコンスタン、あとユーゴーとか」

「えっと、どんな作品なのかな……それ？」

如月さんが口にした謎の言葉。

それを耳にした僕は思わず頭を掻きながら、聞いたことのない作品名を聞き返す。

すると、隣に立っていた由那が溜め息を一つ吐き出すと、困った素振りを見せる如月さんに代わって口を開いた。

「作品名じゃなくて、全部フランスロマン主義の作者名よ。と言うか、最低でもユーゴーくらいは、書き手なんだったら知っておきなさい」

「え、えっと……じゃあ黒木先輩は、どんな小説を読まれたり書かれたりするんですか？」

由那の僕に向けた発言に苦笑を浮かべながら、如月さんは気を遣って僕に向かいそう問いかけてくれる。

それに対して、僕が返す回答は一つしかなかった。

「僕はファンタジー……かな」

「ファンタジーですか。そうなんですね、ちょっと意外です。いえ、決して悪い意味ではなくて、もっとスポ根系とか、そんな系統かなって思っていました」

「はは、確かにそういうのも好きだけどね。でも、異世界ファンタジーを読んで感動したから小説書き始めたんだ。えっと、山川修司先生って知ってる？」

「山川修司先生……ですか。あまり詳しくはないのですが、確かライトノベル系の作者さんですよね」

やや自信なさそうな口調で、如月さんはそう答える。

それを受けて僕は、少し迷いながらも一つ頷いた。

「ライトノベル系作家か……うん、まあそうだね。僕らが書いているベコノベ出身の作家先生なんだけどさ」

「まあラノベ作家とか、ベコノベ作家とか、その辺りの定義論は荒れるからな。最近はヘヴィノベルとかレフトノベルなんて言われるような作品もあるし、まあエンタメ小説系の作者って言っておけば間違いないんじゃないか」

僕の迷いを察してくれたのか、優弥はより大きな括《くく》りを用意して話をまとめてくれる。

「そうかもね。まあいずれにしても、ベコノベっていうネットの小説投稿サイトの作品を読んでハマってさ、僕もそこで異世界もののファンタジーを書いてるんだ」

「ベコノベ……ですか。名前は聞いたことはあるんですが、見たことはなくて。すみません」

「はは、謝らないでよ。僕もさっきの……えっと、なんとかって人の名前とか、正直全然わからなかったし」

申し訳なさそうに頭を下げる如月さんに対し、僕は自分の無知を敢えてさらけ出す形でそう告げる。

しかしそんな僕の言葉を耳にした由那は、再び深い溜め息を吐き出した。

「なんとかって、まったく……ともかく、普段フランス文学とかを嗜《たしな》む愛ちゃんに、ベコノベが合うかしら」

「そんなの読んでみなけりゃわかんねえって。だいたいだ、脳筋のこいつがベコノベにはまったくらいだぜ」

「貴方のての喩えって、近いようで遠い気がするけど……でもまあ、確かに何事も試してみなければわからないわよね」

優弥の言葉に対して、素直に頷きはしなかったものの、由那は顎に手を当てながらそう口にする。

「ああ。そう言えば、文学ってわけじゃねえが、山川修司先生の名前を冠《かん》した文学賞が、今度できるみたいだな」

「そうなの？」

それは初耳である。

と言っても、賞レースなんかはベコノベ以外のものはほとんど見ていなかったので、新しい新人賞かなと僕は思った。

しかし、そんな僕の予想を、優弥はあっさりと否定する。

「確か来年か再来年くらいからって話らしいぜ。その年度に出版されたラノベ及びライト文芸作品を対象とするらしい。まあ言うなれば、ラノベの芥川賞みたいなやつだ」

「それを言うなら、芥川賞と言うより直木賞でしょ」

優弥の喩えを耳にして、由那はバッサリとそれを切り捨てる。

それが少し悔しかったのか、すぐに優弥は言い返した。

「どっちでも良いだろ、雰囲気さえわかれば良いんだしさ。ともかく昴、いずれ目指す賞が増えたな」

優弥のその言葉に、僕はハッとさせられる。

なるほど、商業デビューを控えている以上、僕の放浪記もその新しいラノベの賞の対象となる可能性があるわけか。でも、今は……

「確かに……ね。でもまずは、今度の原作権を取ることが最優先かな。そのためにも、神楽先生には負けられないね」

「そう言えば、ついにベコノベに参戦するって告知してたな」

「神楽先生が？」

僕は優弥の言葉にすぐに反応する。

途端、優弥は大きく頷くとともに、ローテーブルの上に置かれていたタブレット機器を指差した。

「ああ。音原、そこのタブレット借りていい？」

「……関係ないところは見ないでよね」

やや警戒心を露わにしながら、由那は電源を入れると、ロックを解除して優弥へと手渡す。

「え……いや、はは、あとが怖いからそんなことはしないって。ともかく、これだ」

タブレットを受け取った優弥は、ほんの少しだけ悪戯《いたずら》心を出そうか迷った様子を見せたものの、素直にネットブラウザを立ち上げると僕に一つのブログを見せてきた。

「神楽先生のブログか……確かに士洋社からのゲストとして参加すると、告知されているね」

「ああ。しかもコメント欄を見ると、結構好意的に受け止められている。もちろんここにコメントしている奴は、神楽のファンなんだろうけどさ。中には、アマチュアにいい作品がなかった場合に、新人の尻拭《しりぬぐ》いさせられて可哀想《かわいそう》なんてコメントもあるな」

「ちょっと待って、私だってあんな奴に尻拭いなんてしてもらいたくはないわよ」

「昴にだったら、尻を拭われ……いつっ！」

意味ありげな笑みを浮かべながら余計なことを言おうとした優弥は、由那に腕をつねられて言葉を遮られる。

「今のは優弥が悪いよ、うん」

つねられた腕をさする優弥を目にして、僕は深く溜め息を吐き出す。

一方、タブレットを目にしようと近寄ってきた如月さんは、軽く首を傾げながら、一つの問いを口にした。

「あの音原先輩、どうして先輩が怒ってるんですか？」

「それは……お願い、そんなこと言わせないで」

由那は顔を赤くしながら、それ以上言葉を紡ぐことができず黙りこむ。

すると、如月さんは恥ずかしそうに、慌ててブンブンと首を振った。

「あ……いや、そんな意味じゃないんです。その、コメント自体の話なんですが、新人の尻拭いってのがどうして先輩の話になるんですか？」

「あれ？　愛ちゃん聞いてないの？」

優弥は不思議そうな表情を浮かべ、如月さんに向かいそう問いかける。

その問いかけの意味がわからなかった如月さんは、キョトンとした表情となった。

「聞いてない……何をですか？」

「その二人、デビューが決まってるから」

僕たちを指差しながら、優弥はそう告げる。

「へ……デビュー？」

「ああ、由那は漫画の新人賞、それに昴はベコノベの小説で、シースター社からスカウト受けてるから」

頭を軽く掻きながら、優弥はその事実を告げる。

途端、如月さんの目が大きく見開かれると、驚愕《きょうがく》の声が部屋の中に響き渡った。

「新人賞……スカウト……え、えええ！」

第十三話

勝負はファッションで!?　コンテストに投稿するための作品に関して、読者を引き付けるフックが足りないという話になり、作中のテーマとしてファッションと商売を取り入れることにした件について由那のタブレットを借りてから早一時間。

周りから誰が何を言っても反応を見せなかった黒髪の少女は、突然ガバッとその顔を上げた。

「せ、先輩。第三章まで読み終わりました。良かったです。すっごく面白かったです！」

先程までの無反応が嘘のように、如月さんは突然立ち上がると、タブレットを手にしたまま僕に向かって詰め寄ってくる。

これまで見たことのない彼女のその剣幕に、僕は戸惑いを覚えながら、どうにかその口を開いた。

「あ、うん。ありがとう」

「えっと、えっと最初はただの普通の子どもたちだったフレックやマリアたちが、章を追うごとに少しずつ成長していって、もう本当に読んでいて応援したくなって。それに何より、どこか斜《しゃ》に構えている主人公のアインが、身近な人のために転生前のトラウマを振りきって体を張るところとかすっごく感動しましたし、あとあと、ただの宿の店主だったはずのクレイリーが、宿を売り払ってそのお金で――」

「ちょ、ちょっと落ち着こう如月さん。た、楽しんでくれたのはすごくわかったからさ」

胸に由那のタブレットを抱きしめながら、目をキラキラさせつつ、まるでマシンガンのように早口で感想を述べ始めた如月さん。

そんな彼女に対し、僕はその勢いに押されながらもどうにか彼女を落ち着かせようとする。

「え……あ、す、すみません」

「は、はは……ともかく、如月さんって、本が関わると別人みたいになるね」

ようやく我に返ったのか、突然小声になって恥ずかしそうに顔を隠す如月さんに対し、僕は図書館で大声で勧誘してきた時のことを思い出しながら、思わず彼女のことをそう評した。

「その……良く母からも私が本を読み始めたら、晩ごはんが片付かないって言われるんです。その、私って本を読みだすと止まらなかったり、食事中に母に向かってずっと感想を言い続けちゃったりして……」

「まあそれだけ本を楽しめているってことじゃねえかな。ともかく、ベコノベの小説も……いや、昴の小説もなかなか面白いもんだろ」

一連の如月さんの反応を目の当たりにして苦笑を浮かべていた優弥は、助け船を出すような形で如月さんに向かいそう問いかける。

すると彼女は、迷うことなく大きく首を縦に振った。

「は、はい！　あの、その、エンタメ系の小説って、正直これまで食わず嫌いだったんですけど、先輩のはすごく面白かったです！」

「はは、本当に。でも、楽しんでくれたみたいで嬉しいよ」

先ほどの如月さんの反応を目の当たりにしたあとでもあるし、何より僕は彼女の先輩に当たる。だからこそ、サッカーで得点後のパフォーマンスとしてよくやっていた全力のガッツポーズをしそうになるのを自制心で抑えこむと、先輩らしい落ち着いた返答をどうにか行った。

ただ、そんなふうに落ち着いた素振りを装ってはいるものの、正直言ってすごくすごく嬉しい。

やはり自分の作品を読んでもらい、そして面白いっていう感想をもらえること。それはサッカーでチームが勝った時のような幸福を、まさに全身で感じる瞬間だった。

「昴……我慢してるつもりだろうが、顔がニヤけきってるぞ。まあともかく、これをきっかけに、他のも試してみなよ。俺もベコノベ住民だけど、本当に面白い作品がゴロゴロ転がってるからさ」

「本当ですか！　じゃあ早速――」

「待った。落ち着きましょう、愛ちゃん。どの作品にするかにもよるけど、今から読み始めたら、ヘタしたら帰れなくなるから」

再びタブレットを操作しようとし始めた如月さんに向かい、由那はこの部屋の主として、どうにか彼女が作品の世界に行ってしまうのを阻止した。

一方、そんな由那の言葉を受け、如月さんはほんの少しだけバツが悪そうにしながら、謝罪の言葉を口にする。

「そ、そうですね。すみません」

「気にしなくていいわ。それよりまた早い時間に遊びに来た時なら、いくらでもうちで読んでいて構わないから」

由那は如月さんに向かってニコリと微笑むと、彼女に向かってそう告げる。

そんな二人の少女たちのやり取りを横目にしながら、優弥はあえて一つの危惧《きぐ》をその口にした。

「しかし五十万字くらいの『転生英雄放浪記』でこれだから、三百万字とか超えてる超長編とか読みだすと大変なことになるな」

「そ、そんな長編もあるんですか？」

「ああ。しかも一つや二つじゃないし、中には書籍化されている奴もあるからな」

驚いた素振りを見せる如月さんに対し、優弥は軽い口調でそう告げる。

すると、そんな彼の言葉に何か引っかかりを覚えたのか、如月さんは心配そうな視線を僕へと向けてきた。

「書籍化……ですか。その意味だと黒木先輩は出版が決まっているわけですし、もうプロなんですよね。なのに、高校の文芸部に入ってもらうなんて……その……」

「そこは気にしなくていいんじゃねえか。大体、昴の文章はまだまだだからな。津瀬先生に指導されて、多少マシにはなったみたいだけどさ」

僕が言葉を返すより早く、優弥はやや茶化した口調でそう言葉を挟んでくる。

だがその指摘自体は全くの図星であり、僕は頭を掻きながら過去の事実を口にした。

「はは、確かにそれはそうかも。最初書き始めた頃は、疑問符や感嘆《かんたん》符、あと三点リーダーなんて一つも使ってなかったしね」

「学校の感想文やレポートではめったに使わねえからな」

「そうだね。まあ仮にプロだとしてもさ、特に問題はないよ。実際高校生でも、Jリーグの特別指定選手制度を使えばプロの試合に出られるわけだし、あんまり気にする必要はないんじゃないかな」

日本サッカー協会が指定すれば、高校生でありながらプロの試合に参加することができる制度。そんな特別指定選手制度で選ばれた選手も、普段は高校のサッカー部に所属している。

となればである、僕が文芸部に所属することに、全く支障がないことは自明《じめい》の理《り》に思われた。

だが、そんな僕の言葉を耳にして、優弥はなぜか意味ありげに笑う。

「はは、なんて言うか、お前らしいと言えばお前らしいけどさ。ともあれ、文芸部の件は一段落でいいんじゃねえか、愛ちゃん」

「えっと……あの……その……不束者《ふつつかもの》ですが、どうぞよろしくお願いいたします」

如月さんは感極まったのか、突然僕たちに向かって頭を下げる。

そんな彼女に向かって、僕は慌てて声をかけた。

「いや、僕たちが君の部に入るんだからさ、頭を上げてよ」

「そうよね。むしろ優弥が頭を下げるべきところよ」

「なんで俺限定なんだよ。お前らも新入部員だろ」

由那のからかいの声に、優弥は慌てて反論を口にする。

僕はそんな彼の言葉に苦笑しながら、その通りだとばかりに、如月さんに向かって改めて言葉をかけた。

「はは、まあそうだね。よろしく如月さん」

僕がそう口にすると、由那と優弥も彼女に向かって笑いかける。

たぶん今、藍光高校文芸部が改めて活動を再開したんだなと、僕はなんとなくそう思った。

「とりあえず、文芸部の件はこれで良しだな。となればだ、もう一つの件の話をするとしようぜ。せっかく集まったんだしな」

「そうだね。如月さんが小説を読んでる間にしても良かったけど、ついつい僕らも漫画を読んじゃったし」

そう、如月さんがタブレットを手にして全く反応しなくなったあと、僕たちは由那の部屋に置かれている女性向け漫画を読んでいた。もちろん彼女を無視して話し合いを行うことに引け目を感じたからではあるが、正直言ってこれはこれで有意義な時間だったと思っている。

「で、目的としていた中世の本は、図書館で借りることができたのか？」

「一応ね。と言っても、僕が借りたわけじゃないけど」

「僕が借りたわけじゃない？　どういうことだ」

僕の回答を受けて、優弥は怪訝そうな表情を浮かべる。

すると、僕は視線を如月さんへと向け、その理由を口にした。

「如月さんが借りようとしてた本が、僕にとってまさに本命でさ。あの、ちょっと出してもらっていい？」

「はい、どうぞ先輩」

僕の依頼を受け、如月さんはかばんから取り出した一冊の書籍を僕へと手渡してくれる。

一方、そんな僕たちの様子を見ていた優弥は、何かを悟ったように、大きく頷いた。

「ああ、なるほど。そうやって、図書館でナンパをしたわけ……って、睨むなよ、音原」

「別に睨んでなんかないわよ」

なぜか由那の表情が僅かに険しいものとなっており、優弥はごまかすように頭を掻く。

そんな二人のやり取りを横目にしながらも、僕は優弥へとその書籍を手渡した。

「『女性服の歴史と文化〜中世から現代への変遷〜』か。確かに背景を知るには手頃そうな本だな。だけどさ、これだけか？」

「いや、他のも借りたんだけど、さっきも言ったようにこれが本命かな。多分これを土台にしたら、充分以上に戦えると思うんだ」

優弥の疑念に対し、僕は自信を持ってそう告げる。

すると、隣から由那が疑問の声を投げかけてきた。

「どういうこと？」

「優弥とも話をしていたんだけど、由那の絵って悪役令嬢が映《は》えると思うんだ。今回の公表されているエミナ・メルチーヌ嬢も、やっぱりそうだしね。でも、残念ながら悪役令嬢という設定を押し出していくだけじゃあ戦えない。多くの人に興味を持ってもらうには、悪役令嬢以外にもフックが必須だと思ってる」

フックとは留め金のことであり、読者を引き付ける要素のこととも言える。

つまり悪役令嬢という特徴だけでは、他のベコノベの作品の中に埋もれてしまう可能性が高い。だからそれ以外にも、読者さんを引き付ける要素が必要であり、僕はそのためのフックを求めていた。

「フックね……読者の興味を引く要素を増やすことは必要不可欠だし、それ自体はわかる気はする。でも正直、悪役令嬢が映えるってのは、あまり嬉しくないかな」

「そりゃあまあ、本人の性格が如実《にょじつ》に反映されてるって突き付けられるのは……いや、なんでもないぜ」

絶対に睨まれることがわかっていながら、優弥は敢えて地雷を踏みに行った。

そんないつもながらのやり取りに苦笑を浮かべながら、僕は二人のやり取りへと割って入った。

「はは、でも由那の絵は僕好きだよ。悪役令嬢以外ももちろんね」

「そ、そんな褒めたってだまされないんだから」

僅かに顔を赤らめながら、由那は恥ずかしそうにそっぽを向く。

そんな彼女を目にして、優弥は意地の悪い笑みを浮かべてみせた。

「いや、俺もそうだぜ。特に他意はないが、ただ音原には悪役令嬢が似合うなって思ってるだけでさ」

「似合うって何よ。あんたには十分他意があるでしょ」

先ほどの恥ずかしそうな表情から一変し、由那は優弥へと食って掛かる。

そんな彼女の反応に苦笑を浮かべながら、優弥は話題を元へと戻した。

「はは、とにかくだ、昴の言う通りただ悪役令嬢ってだけなら、たぶんありふれ過ぎていて戦えないだろうな。で、さっきの女性服の本が本命ってことは、つまりそいつがもう一つのフックってわけだ」

「うん、僕はそう思ってる。もちろん、そのためには由那の協力が必要だけど」

優弥の問いかけに大きく頷くと、僕はこの計画のかなめとなる人物へと視線を向けた。

「私の協力？」

「僕は服なんて作ったことがないからさ、由那の手助けがほしいんだ」

僕はそう口にすると、その視線を飾ってあるコスプレ用の衣装へと向けた。

そう、この部屋へと辿り着くなり、如月さんに無理やり着せようとしたその数々の服へと。

「そういうわけね。いいわ、小説を書くのは無理だけど、服のことなら多少は手伝えると思う」

「ありがとう。これでピースは揃《そろ》ったかな」

由那の即諾《そくだく》を受けて、僕は思わず笑みを浮かべる。

すると、優弥が何かに気づいたように、突然大きな声を上げた。

「そっか、なるほどそれで女性服の歴史ってわけだ。つまり服飾の変遷の知識をもとにした現代知識チートをやるってわけだな」

「うん。悪役令嬢と服飾史を土台とした現代知識によるファッションチート。どうかな?」

これが僕が出した結論だった。

悪役令嬢だけではフックが足りない。

そしてフックを加えるなら、想定される読者……つまり女性読者に向けたものが良い。そこで僕が思ったのはファッションを使えないかということだった。

「私は良いと思うわよ。それにどうせ作画をするなら、可愛い服がたくさん描けた方が楽しいもの」

「音原先輩、それって漫画家の意見ですよね。かっこいいです」

僕たちの会話を見守っていた如月さんは、キラキラした眼差しを由那へと向ける。

途端、由那の顔が嬉しそうに僅かに緩んだ。

「そ、そうかしら。へへ、まあ、女性ならそう思うものよね。そこのデリカシーの欠片もないチャラ男には、きっと理解できないでしょうけど」

「誰がチャラ男だ! 愛ちゃんの俺へのイメージがまた悪くなるだろうが」

如月さんの視線を気にしながら、優弥はすぐに抗議の声を上げる。

だがそんな彼の反応に対し、由那の対応は素早かった。

「事実だから別にいいじゃない。この男には気をつけなきゃダメだからね」

「えっと……は、はい」

由那の勢いに押される形で、如月さんは小さく頷く。

そんな彼女の姿を目にした優弥は、その場で力なくうなだれた。

「ひでぇ……洗脳だ、悪質な洗脳だ」

「だから事実を言っているだけでしょう。違うと言うなら証拠を見せてみなさい」

「なんで俺に証明責任があるんだよ。と言うか、蒔《ま》いてもいない種を、無理やり回収させられるこの感じって、絶対おかしいよな」

誰に向けるともなく、優弥は不条理さをその場で愚痴る。

僕はそんな彼の反応に、思わず苦笑を浮かべた。

「どうだろう。そんなに間違ってない気もするけど」

「昴、お前まで！」

「はは、冗談だよ」

軽く肩をすくめながら僕は笑う。

すると、優弥は疲れた様子を見せながら、再び脱線しかかった話を本筋へと戻した。

「まあいいや。ともかく、ベースは悪役令嬢と服飾系の知識チートってわけだな。ふむ……

正直言うと、俺はもう一つフックを加えるべきだと思う」

「フックを加える……か。でもあんまり要素を加えすぎると、何の作品か見えにくくならないかな？」

フックを加えること自体はもちろん悪いことではない。

しかし、たくさんの要素が盛り込まれすぎた作品は、ベコノベの作品だろうと、商業作品だろうと、焦点がぼやけてどれもが中途半端になっているものが多い。だからこそ、僕は更に追加することに少し慎重になっていた。

「それは確かに注意が必要だな。だから服飾系の知識チートの発展形ってのはどうだ？」

「発展形？」

思わぬ優弥の物言いに、僕は眉間にしわを寄せる。

だが眼前の灰色の男は、はっきりとその首を縦に振ってみせた。

「そうだ。服ってのはつまり商品だ。そして商品は作っても、それだけじゃあ意味がない」

「つまり販売の要素を加えるってことね」

その声は由那の口から発せられたものであった。

それを聞いて、優弥は大きく頷く。

「そうだ。まあ悪役令嬢が服を作るわけだし、当然見た目上は、悪徳商人的な売り方をしないと意味がないだろう」

どう意味がないのかはわからなかったが、でも彼が意図することはわかった。

「要するに製造から販売までを、ワンパッケージとして描くわけだね」

「ああ。服飾要素は確かに女性向け漫画の原作としては良いと思う。だが、ベコノベのランキングを上げるには、それだけじゃ弱い気がするからな」

その優弥の言葉に、僕は思わずハッとする。

確かにその通りである。

前回の由那の新人賞原作を書いた時と違い、今回は先ずベコノベでポイントを稼がなければならない。にもかかわらず、僕はいつの間にかその点を軽く見ていた。

「そうだね。ちょっと漫画原作にばかり意識が向きすぎていたかもしれない」

「ベコノベでポイントを取らないと、いくら原作向きの作品を作ったところで、原作にはなれない……か。確かにその通りね」

僕に続く形で、由那も納得したとばかりに小さく頷く。

そんな僕らの反応を目にして、優弥は満足げに一つ頷くと、意味ありげな笑みを浮かべながら一つの話を切り出してきた。

「ああ。で、昨日世界史で勉強したところなんだが、一つ面白い家がある」

「家？」

僕はその単語を耳にして思わず聞き返す。

すると、優弥は自信満々に一つ頷いた。

「ああ。ルネサンス期にフィレンツェを支配した銀行家一家。つまり――」

「メディチ家というわけね」

少しもったいぶりながら優弥が言葉を紡ごうとした瞬間、横から嬉しそうな声で由那が回答を挟んでくる。

美味《おい》しいところを持って行かれたような形となった優弥は、途端に不満そうな表情を浮かべた。

「なんでお前が言うんだよ。ったく、これだから頭のいいやつは」

「メディチ家……えっと、ごめん。僕は日本史しかとってないからあまり詳しくないんだけど、ちょっと教えてもらってもいいかな？」

まだざらりと流し読みしただけではあるが、確かに先ほどの女性服の本にも、ルネサンスに係る項目でその名前は記されていた。だがその詳細な内容まではわからず、僕は二人に向かってそう尋ねる。

「十四世紀頃にイタリアのフィレンツェで急速に勃興《ぼっこう》した銀行家の一家よ。もっとも途中からは、銀行家と言うよりは政治家の側面が強くなっていくけど」

「政治家で銀行家か……」

由那の説明を受け、確かに貴族ではないのだと僕は理解する。

すると、それに続ける形で優弥がその口を開いた。

「当時のフィレンツェはイタリア北部の一都市なんだが、独立した共和国でな。最初は寡《か》頭《とう》政治っていう何人かの有力者が支配する体制だったわけだが、次第にメディチ家が勢力を伸ばして権力を独占したわけだ」

「ふむ、なるほどね。つまり悪役令嬢だからって、必ずしも貴族にする必要はないってことだね」

ドラマにおける悪役の役回りをするはずだった令嬢こそが悪役令嬢である。ならば、別に貴族にする必要はないし、豪商の娘であれば、今回僕たちが考えている設定にピタリと嵌《はま》りそうな気がした。

「そういうことだ。もっともメディチ家は後に公爵《こうしゃく》を輩出して君主になるわけだが、それはこの際置いておこう」

「そうだね。あくまで異世界のモデルにするわけだからさ。となれば、主人公は都市国家の有力商人の娘で、現代から転生してきた。彼女が現代に生きている頃は服飾の勉強をしていて、その知識を使って華やかな衣服を世に広めたいってところが、たぶんストーリーの動機付けになるかな」

現実世界で色々な不幸が重なり、残念ながら服飾デザイナーとして大成《たいせい》できなかった女性。

彼女は生前に好きだった乙女ゲームの世界に転生して、悪役令嬢の立ち位置から現実時代に果たし得なかった夢を追いかける。

うん、意外とイケるかもしれない。

「悪くないと思うぜ。あとは、たぶんその転生先の世界は地味な服しかなかったり、機能性に欠いてたりしていて、もっと素敵な服を着たいって思うところから始めてもいいかもな」

「なるほど。自分の着たい服を、自分で作ればいいって気づくわけだ。あとは、彼女の着る服が評判になっていって、伝統的な服飾業の人たちと対立したり、協力したりして物語が進んでいく形かな」

さらに令嬢が服を縫《ぬ》ったり作ったりすることは恥ずかしいというような世界にしておけば、逆に彼女の立ち位置が際立って見えるかもしれない。そんなことを頭の中で次々と想像していくと、一気に描くべき世界観が僕の中で見えてきた。

「先輩たち。す、凄いですね」

「はは、ありがとう。それもこれも、あの本の存在に気づかせてくれた如月さんのおかげだよ」

感嘆の言葉を口にする如月さんに向かい、僕は迷わず感謝を伝える。

「よし、じゃあこれで決まりね。服に関する資料は私も用意してあげるから、昴はプロットを作り始めて」

「ありがとう、由那。遠慮なくそうさせてもらうよ」

由那からの協力の申し出に、僕は思わず顔がほころぶ。

そうして、みんなの思いが一つにまとまったところで、僕らの編集長がニヤリと笑い、はっきりと目標を宣言した。

「それじゃあ、やってやろうぜ。神楽の奴に勝って、コンテストで優勝だ」

第十四話

ライバルがもう一人!? 神楽先生の新作が順当にポイントを加算していく中、複数アカウントという許しがたい手段でランキングを駆け上がり、コンテストを制しようとする悪徳作家が出現した件についてお盆を過ぎ、ようやく連日の快晴に疲れきったかのような曇り空。

その直射日光が遮られた空の下で、僕はタバコを咥える青年へと声をかけた。

「屋上は少しだけ涼しいですね、先生」

「クーラーの効いている講義室ほどじゃないさ。だいたい、雲で日差しが隠れている時くらいしか、ここに上がってくる気はしないしな」

虚空へと煙を吐き出した先生は、苦笑を浮かべながらそう告げる。

「はは、確かにそうですね。僕もこの天気でなかったら、たぶん下で待ってるところでした」

昔は日差しなど全く気にすることなく、一心不乱にボールを追いかけていた。

しかし当時を振り返る度に、正直そんなことは幻だったのではないかと思うほど、僕の体は真夏の日差しに弱くなっていた。

「で、どうかね。先週から始まったコンテストで、君の投稿をまだ見受けてはいないわけだが」

「大方プロットを作り終わったので、今は細部を詰めているところです」

「ふむ。ならば、もう少し掛かりそうだね」

「はい。ちょっと資料を集めるのに手こずっていまして。一応、由那に本を借りたり、ネットで調べたり、市立図書館にも通ってはいるんですが……」

そう、土台となる資料は、如月さんの次に図書館から借り受けることができている。しかし、細部に関してはまだツメが甘い状況であった。

「音原くんの本やネットはともかく、市立図書館で調べたわけか……あそこもそれなりの規模ではあるが、専門的な書籍を探すには些か不向きと言えるな。ふむ、だったら新都大学の図書館を使ってみてはどうだね？」

「新都大学……先生の大学ですね」

「ああ、そして君の父親の大学でもある」

もちろんその通りである。

そしてだからこそ、多少気後れをする場所でもあった。

「あの……部外者の高校生でも使えるんですか？」

「学生証を持って行って、きちんと申請すれば大丈夫だよ」

「ありがとうございます。そうですね、一度訪ねてみることにします」

まだ多少の迷いは存在したものの、作品のことがやはり優先だと僕は判断した。

そんな僕に向かい、津瀬先生は意味ありげに笑う。

「はは、まあ目的とする資料があれば良いね。いずれにせよ、多少は余裕を持つべきだし、その意味では急いだほうが良い。たとえ後《ご》の先《せん》を取るつもりだとしてもな」

「流石……ですね。それもあって他の応募作家さんたちより、時間配分をできる限りプロットと作品作りに割《さ》くつもりだったのですが」

津瀬先生の意味ありげな笑みを目にして、僕たちの戦略が見透かされていることを理解する。

そしてそれを裏付けるように、津瀬先生はその口を開いた。

「原作部門は文字数の上限と下限があるからな。となればだ、先行逃げ切りが有効かというと一概にはそうとは言えない。むしろ……ふふ、大胆だが悪くない考えだと思うよ。但しそのためには、それなりのクオリティの作品が必須ではあるがね」

それはいつも先生が口を酸《す》っぱくして言っている事。

まずは作品ありき。

その上で、作品を少しでも多くの方に届ける努力をすることが、作者に求められているのだと、僕は理解していた。

「はい。作って半分、届けて半分とも言いますしね。いずれにせよ、物語の質でも負けるつもりはありません」

「ふむ、結構。良い返事だ。あいつは初日から走りだしているようだが、これならば期待できそうだな」

「あいつ……ですか」

津瀬先生の口にした『あいつ』。

もはやそれが誰を指すのかは自明の理であった。

そう、僕たちのライバルである神楽蓮その人であると。

「前にも言ったように、蓮は君たちと同じく昔の教え子だよ。そして付け加えるならば、私の親友の弟でもある」

「親友の弟……」

もちろん、先日のカフェでの接触で、二人の間には予備校講師と生徒以上の何かがあるのを感じ取ってはいた。

しかしながら、思いもかけぬ二人の関係を耳にして、僕は多少驚きを覚える。

「そうだ。だからまだ小さかった頃から、彼のことは知っている。ただそれだけの話さ」

「子供の頃からですか。でも、まさか神楽先生が父のことまで知っているとは思いませんでした」

そう、僕が父さんの息子だと認識した瞬間、明らかにそれまでと神楽先生の視線が変わった。その意味するところはわからなかったが、少なくとも彼が父のことを知っていることだけは充分に理解できた。

「黒木先生のこと……か。ふふ、知らないのは身内ばかりというやつだな」

「どういうことですか？」

「君の父親は新都大学でも、それなりに名が通っている。そう認識しておいて間違いはないということさ」

苦笑を浮かべながら、津瀬先生は僕に向かってそう告げる。

だが説明を受けても、正直僕にはピンとくるものがなかった。

「そうだったんですか……いえ、父は自宅ではあまり大学の話をしませんので」

「ふむ。まあ、そういうものかもしれないな。ともあれ、それで君のことを認識しなおしたといったところだろう。だからあいつの油断を突くのは諦《あきら》めたほうがいい」

「油断を突くつもりなんてありませんよ。それに作品を読む限り、神楽先生は油断をしてくれるようなタイプには見えませんから」

作品の構成と世界観。

神楽先生のどの作品を読んでも、それは完璧に整った作品作りがなされている。それはつまり、油断などする性格とは程遠いことが、はっきりとにじみ出ていた。

「ふむ、きちんと彼の研究を済ませたかいはあったようだね」

「はい、もちろんです。知っているものは選ぶことができます。そしてだからこそ、神楽先生より自作の有意な点をプレゼンすることができたわけですから」

先日の士洋社で行ったプレゼンテーション。

その際に、神楽先生と自分との違いを説明する上で、彼の作品の分析は必須の要素であった。そしてそれを行っていたからこそ、少なくとも僕はチャンスを得ることができたのだと思っている。

「ふふ、そうだったな。ともあれ、知っている者という意味でも彼は強敵だ。投稿された作品は読んだかい？」

「確か『女医令嬢の残念な恋』でしたか。正直、驚きました。ベコノベで主流の悪役令嬢ものを神楽先生が書いてくるとは思わなくて」

神楽先生のベコノベ投稿作。

それはワーカーホリックで婚期を逃したちょっと残念な女医が、異世界に転生して悪役令嬢となる物語であった。

「君が彼の作品を調べたのと同様に、彼もベコノベのことをきちんと学んだというわけだ。それも思った以上の形でな」

「思った以上の形……ですか」

津瀬先生の言葉を受け、僕は先を促すようにそう口にする。

「私がベコノベ作品の分析を行っていることは知っているな？」

「はい。そのおかげで、こうやってコンテストの戦いにまで持ち込めましたから」

津瀬先生と作成し、編集部へ持ち込んだ統計データ。

あれがなければ、既に由那の漫画原作は神楽先生になっていたことは疑いようもなかった。

「そうだな。だがあれはベコノベ内のデータと市場の売上との相関関係を表したもので、あくまでおまけだ。私が統計処理を行っている本命はこれだよ」

そう口にすると、津瀬先生は手にしていた大型のスマートフォンを僕へと手渡してくる。

その画面に記載されていたタイトルを目にして、僕はそのまま読み上げた。

「ベコノベにおけるキーワードとタグの分析……ですか」

「ああ。以前からベコノベの流行を掴むために、タグの時系列傾向分析は行っていたのだがね、これはその解析範囲を広げた最新のものだよ」

ほんの少しだけ誇らしげな様子で、津瀬先生は僕にそう告げる。

一方、そんな彼の表情を目にした僕は、断りを入れた上でスマホを操作してその内容へと目を通していった。

「ベコノベの全作品のあらすじ内に含まれるキーワードとタグ。それと獲得したポイントとの相関関係……さらに使用するキーワードごとの予測期待値なんてデータまであるのですか！」

僕が目にしたもの。

それはベコノベでよく語られる流行の実態を、まさに数値という形で白日《はくじつ》のもとに晒したシロモノであった。

「まあな。ただしそれはあくまで中間解析だ。データ自体はまだ日々蓄積している最中なのでね。結局のところ、真に流行と推移を摑むためには、断面をいくら眺めても何もわかりはしないものだからな」

「確かに先生は、前にも存在Aのブログで統計解析の有効性を語られていましたけど……でも、まさかこんなものがあるなんて」

「私の本職はあくまで研究者だからね。もちろん小説を書くことも多少は得意だと自負しているが、物事を分析することに関してはそれよりも得意だからな」

津瀬先生はそう言い終えるなり、ニコリと微笑む。そしてすぐに真顔へと戻ると、再びその口を開いた。

「まあその上でだ、今回の彼の作品を見てみたまえ。そこに記されている期待値の高いキーワードがあらすじに散りばめてある。しかも自分の得意な医療と政治をプロットに落とし込んだ上でな」

「さすが……ですね」

それが僕の本音だった。

正直言って作品のタイトルを見た時点から、神楽先生の作品はかなりベコノベナイズドされていると感じていた。しかしこの期待値表と、神楽先生の作品を見比べてみると、それはまさに一目瞭然と言える。つまり彼は本気で、このコンテストに勝つためにベコノベに乗り込んできたのだ。

その事実を理解して、思わず神楽先生の姿勢に気圧されそうになる。

だが、津瀬先生はそれだけではないとばかりに、さらにもう一つの事実を僕へと告げてきた。

「ちなみに付け加えるとだ、彼の称賛されるべき点はベコノベの分析だけではない。投稿戦略という点においても、彼は最適のタイミングをセレクトしている。まさにベコノベのコンテストを自分の庭にするためにな」

「それはつまり、神楽先生にとっては初日から投稿を開始することがベストだったと、そういうことですか？」

「ああ、その通りだ。ゲストとして彼の投稿が公表され、話題がピークとなったタイミングでの投稿開始。前もって公示のタイミングを知っていたのかはわからんが、場の空気をキチンと摑んでいたことは疑いようもないな」

完全に津瀬先生の言う通りであった。

僕が神楽先生の立場であれば、間違いなく同じ選択を行うであろうから。

「確かに仰る通りですね……だからこそベコノベ初投稿である神楽先生が、いきなり日間ランキングを駆け上がったわけですからね」

「もちろん彼が既にプロとしてある程度の知名度を有しているが故に、外からファンの方を連れてこられたのも大きい。しかしだ、やはり最大の勝因はきちんとしたベコノベに対する研究と、完璧なタイミングでの投稿だっただろうな」

プロが原作コンテストにゲスト参加するという話題がベコノベを駆け巡り、そして間髪容れずに参入する。

おそらくこれがあと一週間遅れていれば、如何に作品の質が高くても日間ランキングを駆け上がるのは、やはりそれなりに高いハードルだったのではないだろうか。何しろ、彼には外から連れてくることができるファンがいるとはいえ、そんな彼らはベコノベの住人でない者も多く、未登録であればポイントにつながらないからだ。

だからその点を理解していた神楽先生は、よりポイントに直結する可能性の高いベコノベ住民を、コンテストの話題に乗じる形で見事に自作へと誘導してみせた。

「昴くん、ただ勘違いしてほしくないのだが、彼は紛《まぎ》れもなく現役のプロだ。当然のことながら、作品も掛け値なしによくできていた。正直に言う、強敵だぞ」

「……わかっています。でも、やるからには中途半端はしません、全力で結果を求めるつもりです」

「結果……か。つまり彼女の原作権を取る事以外は考えていないというわけだね」

念を押すような口調で、津瀬先生は僕へとそう問いかけてくる。

それに対する回答は一つしかなかった。

「もちろんです」

「そうか……ならばやはり、君にもあの人物のことを言っておいたほうが良さそうだな……」

「あの人物……ですか？」

急に険しい表情となった津瀬先生は、そう口にするなりタバコを再び口へと咥える。そして一度煙を吐き出したところで、改めて僕へと向き直った。

「昴くん、実は神楽くん以外に、もう一人警戒をしておいたほうがよい作者がいる。もっとも、彼とは少し違う意味でだが」

「違う意味？」

「ああ、週間ランキングを見る限り、神楽くんは元々のファンと新しく獲得したベコノベの読者を合わせて、確かに順調に推移している。しかしだ、そんな彼に急速に追いつきつつある作者がいるんだ。鴉《からす》と名乗る作者がな」

聞いたことのない作者名。

それ故に、僕は確認するように問い返す。

「鴉……ですか」

「今日の日間一位だ、見て見給え」

先生に促され、僕はポケットに入れていたスマホを操作する。そしてベコノベのランキングを表示したところで、まさにその作者は存在した。

「投稿二日目で日間一位。しかも七千ポイント……ですか。初投稿作品なのにこれは凄いですね」

そう、完全なる新規の作者にもかかわらず、一日に七千ポイントも獲得するということ。

その脅威的な数値を目の当たりにして、思わず僕は震えてしまった。

なぜならば、あの神楽先生でさえ、話題に乗っても二日目で五千ポイントまでしか辿り着けなかったからである。

「驚くのも無理はない。一見すれば驚異的な数字だからな」

「一見すれば？」

先生の言葉に引っかかりを覚え、僕はそう問いかける。

すると、先生はすぐに一つ頷いた。

「内容を見ればすぐに違和感を覚えるよ。ベコノベの流行を無視し、文章力も並、そしてネット小説用の書き方などもしていない」

「それでも一位ってことは、中身がすごく面白いってことですか？」

それしか僕には考えられなかった。

ベコノベには、ある程度ベコノベのお約束や流儀がある。

もちろん、新たな潮流やブームを作るような作品も時折《ときおり》出てくる事があり、この作品がそれに当たるのかと僕は不安を感じたのである。

しかしそんな僕の危惧に対し、先生の首が縦に振られることはなかった。

「人によってはそうかもしれないが、私には設定以外に見るべき点を見いだせなかった……いや、一箇所だけ注目すべき点あったか」

「注目すべき点……ですか」

先生の口ぶりから、僕は何故か無性に嫌な予感を覚えた。

そう、何らかの悪意や良くないものがそこに存在するかのような予感が。

そしてそんな僕の予想は、残念ながら外れることはなかった。

「私たちのようなベコノベに適応するためのテクニックはなく、ベコノベの欠点を突くためのテクニック。つまり複数アカウントを使っている点だよ」

第十五話

作品の質を上げろ!? 複数アカウント作家

や プロの原作者に立ち向かう覚悟を定めた僕

は、作品の質を上げるために父親の職場であ

る新都大学の図書館を利用することにした件

について

「確かに津瀬先生の言う通りだな。運営じゃないから確実なことは言えねえけど、本当ならかなり悪質な奴だぜ」

駅前のファーストフード店にて、自分のスマホを操作していた優弥は、不機嫌さを隠すことなく僕に向かってそう告げた。

「やっぱりそうなんだ。でも、なんでそんなことがわかるの？」

「この作品を評価しているアカウントを見れば、だいたいわかるんだよ」

「アカウント？」

優弥の口にした言葉を耳にして、ぼくは思わず聞き返す。

すると彼は、小さく一つ頷いた。

「ああ。ベコノベに登録すると、個人個人にＩＤ番号が割り振られるだろ。この作品にポイントを入れている番号を調べると、どうもここ一週間以内に新規で作られたものが中心みたいでな」

「つまり最近ベコノベに登録した人ばかりってことだよね」

「そう。さらに、そいつらのことを調べてみると、この鴉って奴の作品にしか、ポイントねえか？」

　それって変だと思わ

を入れてなかったり、お気に入りに入れていなかったりするわけだ。これって変だと思わ
ねえか？」
　優弥の口にした事実。
　それが意味するところは明白であった。
「その鴉って人の作品だけしか見てない可能性があるわけだよね。つまり他の人気作品に
は見向きもせずさ」
「ああ。この鴉って奴が書いた作品目当てに、わざわざベコノベに登録したとしか考えら
れない。なぜならランキングに乗る前から、ピンポイントでこの作品だけを推してるわけ
だからな」
　そう説明されると、僕もはっきりと違和感を覚えた。
　普通、ベコノベで作品の投稿を開始した新人は、トップページの新着欄か作品の属性を
表すタグを検索してもらうことで、初めて読んでもらうケースが多いとされていた。
　もちろん中には例外があり、ソーシャル・ネットワーキング・サービス等と言われるブ
ログや短文の呟きサイトなどを経由して、作品にアクセスしてもらう方法なども存在する。
　だからこそ僕は、優弥に向かって例外の可能性を問いかけた。
「そう言われてみると、ちょっと普通じゃ考えにくいよね……例えば元々他ジャンルで有
名だった人とか、個人サイトで人気があった作者が、ファンごと作品を引っ張ってきた可

能性はないの？」

「それも考えて調べてみたが、作品名も作者名も検索に引っかかるようなものはなかった。だから、その線は薄いだろうな」

「そっか……たまにそんなことをしている人がいると聞いてたけど、やっぱり存在するんだね」

僕はそう口にすると、とても残念な気持ちとなった。

もちろん小説を見てもらうよう努力する行為は重要である。よく言われる言葉だけど、書いて半分、届けて半分という事は、僕も日々実感しているからだ。

しかしながら、そのためなら何をしてもいいってわけじゃないと思う。

特にベコノベ運営が禁止しているような行為、つまりサッカーで言うレッドカードに値するような行為は、如何に目的のためとはいえ決して正当化されるべきではない。

「まあ昔からたまにこの手の奴はいる。ベコノベに寄生しようとする最低な連中だがな……ってか、よく見たら評価しているＩＤが見事に連番になってやがるな」

「連続してアカウントの登録をしたってわけだね。となると、やっぱり意図的だと考えるべきかな？」

「多分な。まあこれが累計上位なら、偶然そういうことも起こりえるかも知れねえ。だが、新人の新作な上に、まだランキングを駆け上がる直前から別の新規の連番ＩＤからポイントが入ることとか、まさに天文学的な確率だろう。普通はありえねえよ」

確かに特別な人気を誇る作品ならば、その可能性は充分に存在する。

ベコノベで投稿を開始し、人気を博してアニメ化した猫色鼠《ねこいろねずみ》先生の『リノート』のような作品なら、当然放映直後に原作を求めてファンが殺到することもあるだろう。

しかしながら、そのような経緯も一切ない作品で、このような偶然が果たして起こるものだろうか？

「そんな人がいるとは信じたくないけど、本当なら困ったものだね」

「まあな。いずれにせよ、たとえこいつが複数アカウントのような最低の行為をしている可能性があっても、最終的には運営に任せるしかないさ」

「そうだね。それにいくら工作されたとしても、ルールに則《のっと》って勝てば、それで問題ないわけだしね」

そう、他の作者がどんな手を使っているかなんて関係がない。

究極的には読者に、そしてコンテストを主催する士洋社の編集の人たちに面白いと思ってもらえる作品を作れば、それで良いだけである。

すると、そんな僕の考えを耳にした優弥は、先程までの不機嫌さが嘘のように、突然嬉しそうに笑いだした。

「へへ、言うようになったな昴。でもその通りだ。読者が望む作品を読者が求めるタイミングで提供できれば、決して負けはしないさ。たとえ相手がプロだろうが、恥知らずの複アカ使いだろうがな」

「そうだね。うん、だから頑張るよ！」

結局そうなんだ。

いつも先生が口を酸っぱくして言っているまず作品ありき。

その基本に改めて気づき、僕はここに決意を新たにした。

「というわけでだ、執筆の調子はどうなんだ？」

「ぼちぼちってところかな。そうだね、とりあえずこれを見てくれない？」

僕はそう口にすると、彼に向かってバッグの中に入れていた紙の束を手渡す。

「いつもながら仕事がはええよな」

「はは。と言っても、まだ書けるシーンだけを先に書いているだけだけどね」

そう、優弥に手渡したのはほぼ完成したプロットと、下書きくらいのつもりで書いた作中の数話である。

もちろんまだ細かい詰めが終わっていないこともあり、今後更なる修正が必要であろうが、頭の中に浮かんだシーンをまとめる意味も含めて、こうしていくつかのパートは既に書き始めていた。

「プロットを一切書かない奴もいれば、作品の終わりから逆走する形で書く奴もいるらしいからな。結局のところ、お前の一番書きやすいやり方が一番だとは思うぜ」

「うん、先生にもそう言われた。もっともあの人のは、プロットの各話に文字数と書籍にした時のページ数まで書き込んでてさ、さすがにちょっとびっくりしたけど」

「らしいと言えばらしい感じだな。俺なら絶対にできないけどさ」

以前会った時の印象からか、優弥はそう口にすると苦笑を浮かべる。

僕はとある出来事を思い出すと、同意だとばかりに大きく頷いた。

「僕にも無理だよ。各キャラ毎《ごと》の会話の比率なんかまで、プロットノートに細かく書き込んであったからね」

「マジかよ……それはちょっとやり過ぎじゃねえか。いや、俺たちとはやり方が違うんだろうけどさ」

僕が見せてもらったプロットノートの話を受けて、優弥は頬を引きつらせながらそう口にする。

「どうなんだろう。まあ、僕は僕のやり方で書くよ」

「そうしろそうしろ。下手に真似《まね》して、このタイミングでスランプにでも陥ったら笑えないからな」

「はは、そうだね。昔、フリーキックのフォームを変更した時に、かなり痛い目にあったからさ、今回は同じ轍《てつ》を踏まないことにするよ」

中学のサッカー部時代に、当時流行していたブレ球と呼ばれる無回転フリーキックにあこがれ、必死にフォーム改造に取り組んだ記憶。

結局、筋力の不足からただの棒球《ぼうだま》のフリーキックしか蹴ることができず、直接フリーキックの精度を落とすだけに終わったあの苦い出来事は、僕の中の戒《いまし》めとして今も忘れたことはなかった。

「あったなあ、そんなこと。まあそれは良しとしよう。で、これを見る限り、プロットと設定に空白の部分があるんだけど、ここはどうするつもりなんだ？」

紙の束からまだ埋められていない空白の多い一枚を取り出すと、優弥は僕に向かってそう問いかけてくる。

それを目にして、僕は苦笑を浮かべながら、その理由を説明した。

「そこね。実は中世の服飾の細かい資料が揃わなくて、まだ書き始められないパートなんだ。もちろんファンタジーだから架空の設定で書き上げてもダメじゃないけど、できたら本物にあたりたいと思っていてさ」

「まあ、歴史作品じゃないし、そこまでこだわりすぎる必要はないとは思う。でも、余裕があって調べられるなら、きちんと調べておいた方が良いだろうな」

「うん。その上で使えなかったら、全部架空のもので書くよ。いずれにせよ、今日の午後は大学の図書館に行ってくる」

僕は軽く肩をすくめながら、優弥に向かってそう告げる。

すると、優弥は途端に怪訝そうな表情を浮かべた。

「大学？　どこのだ」

「新都大学」

優弥の問いかけに対し、僕は端的にそう答える。

それを受けて、彼は納得したとばかりに大きく頷いた。

「ああ、親父《おやじ》さんのところか。なるほどな」

「一応、津瀬先生のところでもあるよ」

優弥の解釈も間違ってはいないけれど、僕に大学の図書館の利用を勧めてくれたのは、津瀬先生である。

だからこそ、彼に向かい僕はそう付け足した。

「確かにそうだったな。まあ資料に関しては、大学の図書館の方が充実しているだろうし、良いんじゃねえか」

「うん。僕もそう思ってる」

「しかし新都大学か。俺じゃあ絶対行けねえよな」

頭を掻きながら、優弥は溜め息交じりにそうこぼす。

僕はそんな彼に向かって、軽く茶々を入れた。

「見学に行くだけなら、簡単に行けるよ。一緒に来る？」

「そういう意味じゃねえよ、まったく……デリケートな受験生をあんまりイジメないでくれ」

首を左右に振りながら、優弥は憂鬱げな表情を浮かべる。

そんな彼に向かい、僕は先ほど向けられた言葉を敢えて口にした。

「デリケートねえ。新都大学は置いておくにしても、戸山文化大学も相当にむつかしいと思うけど、調子はどうなの？」

「クソ、原稿の進捗《しんちょく》を聞いた復讐《ふくしゅう》か？　ぼちぼちだよ、ぼちぼち」

やややけになったような口調で、優弥も僕が使った言葉を敢えて繰り返してくる。

そんな彼の反応に、僕は肩をすくめると、慰めるように声をかけた。

「はは、まあ楽じゃないよね」

「そうなんだよ。誰か代わってくれねえかな……バイトと勉強で、みるみるうちに夏休みが消えていくわけだぜ。どうせなら海とかプールに行って、可愛い女の子と優雅《ゆうが》な休みを過ごしたいってのにさ」

心底悲しそうな表情を浮かべながら、優弥は叶わぬ夢を口にする。

僕は彼らしいなと思いながらも、容赦なく現実を突きつけた。

「ご愁傷様《しゅうしょうさま》。まあ、今までやっていなかったツケってやつだよ」

「そりゃあ、そうなんだけどさあ」

優弥はそう口にすると、がっくりと肩を落とす。

そんな彼に苦笑を浮かべながら、昼食代わりのバーガーを食べ終えた僕は、ゆっくりと席から立ち上がった。

「はは、ともかく僕はそろそろ行ってくるよ。優弥も勉強頑張ってね」

僕の言葉が紡がれた瞬間、優弥の口からは返答代わりの深い溜息が吐き出された。

第十六話

由那は譲らない!?　新都大学の図書館で偶然邂逅した神楽先生に対し、由那をまるで物のように言い放つことに不快感を覚え、僕は原作権だけではなく彼女のことも譲らないと決意した件について

「しかし、高校と違って大学って本当に大きいよね」

歩けども歩けども目的地へと辿り着かぬ現状に、僕は思わず溜め息を吐き出す。

新都大学のキャンパス。

それは僕が考えていた以上に広大なものであった。

もちろん昔なら、こんなことくらいで愚痴ることはなかったと思う。しかし、手術を終えてようやく四ヶ月といったところである。長い距離を歩くのは、正直まだきついというのが本音であった。

「えっと、正門から古い講堂に向かう道を真っすぐ歩いて、右手にある二つ目の建物のアーケードをくぐるんだったよね」

昨日、悩みながらも父さんに相談した結果、あの人は僕に簡単な地図と、経路案内を描いてくれた。それとともに、学外利用者に関する図書館の注意事項まで教えてくれて、何かあれば自分の研究室に来るように言ってくれた。

その時の父の表情を目にして、僕はちょっと後悔していた。

あの普段は無表情な父が、少しばかり嬉しそうな笑みを浮かべていたからだ。

「ただ問題は、これなんだよね」

僕はそう呟くと、手にした地図へと視線を落とす。ちょっと……いや、かなりクセのある描き方のため、ミミズが這《は》ったように見づらいその地図へと。

「あの人は昔から、当たり前の事が意外と苦手だからなあ……って、あれか」

ちょっとばかり変人の域にある父のことを思いながら歩いていた僕は、ようやく視線の先に目的とした建物を見つけた。

「すみません、学外の高校生なんですけど、利用できますでしょうか？」

「はい、じゃあ学生証をお預かりさせてください。あと、こちらに住所氏名等を書いてくださいね」

図書館の受付に辿り着いた僕は、受付の若い女性の方から教わりながら、入館許可を頂く。

そしてようやく図書館の中へと、その足を踏み入れた。

「流石に違うね、これはさ」

目の前に広がる光景を目にして、僕は思わず感嘆の声を上げる。

市立図書館を近所のフットサル場のハーフコートだとすれば、ここはまさにウェンブリースタジアム。

イギリスサッカーの聖地と比べられるほど、目の前に広がる無数の書棚を前にして、僕はただただ圧倒されるばかりであった。

「ここから資料を探すと言っても……どうしたものかな」

入り口からすぐのところで立ち止まったまま、僕はどうして良いかわからず、ただただ周囲を眺める。

そんな僕の肩が、突然叩かれた。

「見慣れない若い子が来ているなって思ったら、黒木くんじゃないか。どうしたんだい、こんなところで」

その聞き覚えのある声を耳にして、僕は慌てて声の主へと視線を向ける。

そこにはモデルさえ務まりそうな長い手足を有した、神楽という名を持つ一人の青年の姿が存在した。


「すみません、資料を探すところまで手伝って頂いて」

「ふふ、気にしないでよ。僕も資料を取りに行くついでだったからさ」

神楽先生はそう口にすると、ニコリと微笑む。

そんな彼に向かい、僕は恐縮せずにはいられなかった。

「でも、ここの代金まで……本当に有難うございます」

大学の外れに設置された川辺《かわべ》という名の和風カフェ。

少し時間があるからと言われて連れられてきた僕は、ちょっと贅沢《ぜいたく》な黒蜜《くろみつ》のかき氷を先生におごってもらっていた。

「はは、だから気にしないでって。津瀬さんじゃないけど、僕も教養の講義を受けていた時代には先生にお世話になったからさ」

「えっと、先生ってのはやはり……」

「うん、君のお父さん。黒木先生さ」

そのモデルのように整った顔に人好きのする笑みを浮かべると、神楽先生は僕に向かってそう答える。

それを受けて、僕はやや言葉に詰まってしまった。

「父さんが……ですか」

「先生とあまり仲が良くないのかい？」

僕の微妙な反応を目にしてか、神楽先生はそう問いかけてくる。

僕は苦笑を浮かべた後に、単純なその理由を口にした。

「いえ、そんなことはないんですが、家で仕事の話はほとんどしなくて」

「ふふ、確かにそんな感じだよね。授業でも、無駄な話を一切しない人だったからさ」

僕の回答に納得したのか、神楽先生は微笑みながら一つ頷く。そして和食器のカップに注がれたエスプレッソを口に含むと、再び僕へとその視線を向けた。

「で、まあそれはそれとして、いつから始めるつもりだい？」

「始める……ですか」

「とぼけなくてもいいよ。それだけ資料を集めておいて、今更やっぱりコンテストに出ませんってのは、さすがにないだろ？」

口元を微《かす》かに緩めながら、神楽先生は僕に向かってそう告げる。

それを受けて、ようやく本題を理解した僕は、迷うことなく頷いた。

「はい、もちろん出るつもりです」

「そっか。いや、君のベコノベで書いている作品を読ませてもらったんだけど、とても興味深くてね。正直、僕自身楽しみにしているんだ。君が次にどうするかってね」

「競争相手なのに……ですか」

僕なんて眼中にないということだろうか？

そんなことを考えながら、僕は神楽先生に向かってそう問いかける。

すると、目の前の青年は苦笑を浮かべてみせた。

「ふふ、その表情だとなんか誤解されているかな。本当に、純粋に興味を持っているんだよ。既に僕自身はやるべきことをやったしね」

「やるべきこと……ですか。確かにベコノベを完璧に研究されてこられたのは驚きました」

「はは、郷《ごう》に入《い》れば郷に従えってね。実際に僕は漫画原作の連載を男性向けと女性向けの二誌持っているんだけど、それぞれに沿ったものを書いているつもりさ。ベコノベもあくまでその延長、つまり当然のことをしただけだよ」

まったくよどみなく紡がれたその言葉は、おそらく彼の本心なのだろう。そのプロとしてのメンタリティを目の当たりにして、僕は思わず胸のうちにある疑問を問わずにはいられなかった。

「しかしベコノベの流行を統計解析することでさえ、先生にとっては当然の範疇《はんちゅう》に入ることなんですか？」

「ふむ、津瀬さんの仕業《しわざ》かな。まああの人の解析から発想を得たわけだから、そんなに驚くことでもないとは思うけどね」

「ということは、つまり先日の――」

「ああ。ベコノベのポイントと商業での売上の相関データ。あれの中にベコノベ作品の個々のキーワードをパラメータ化した数値が載っていたからね。申し訳ないけど参考にさせてもらったんだ」

僕の言葉を遮る形でそう口にすると、神楽先生は苦笑を浮かべながら、軽くエスプレッソを口に含む。

一方、いくらヒントを得たとはいえ、ベコノベに作品を投稿するにあたり、すぐにそれを活用してみせた事実を前にして、僕は唸《うな》らずにはいられなかった。

「……流石ですね。僕がいきなりあれを見ても、たぶんそんなことは思いつけなかったと思います」

「はは、伊達《だて》に君より長く生きていないってことかな」

「それに投稿タイミングも流石だと思いました。コンテストの開始と同時に数話一気に更新された手腕もです」

そう、津瀬先生も絶賛していた作品の投稿タイミング。

ベコノベに関して一日の長があると思っていた僕としても、正直脱帽せずにはいられない戦略であった。

「ああ、アレのことか。うん、まあ鉄は熱いうちに打てって言うしね。ま、僕のことは良いよ。それよりも興味があるのは君のことさ。さっき借りていた資料を見るに、どうやら服飾系の話を書くつもりみたいだね」

「えっと……はい、そうです。そのつもりです」

「あ、ごめん。先ほど君も言った通り、僕は競争相手だからさ。秘密にしておきたいなら、無理に話さなくてもいいよ」

反応が遅れた僕の言葉をどう受け取ったのか、神楽先生は顎に手を当てながら、柔らかい口調でそう告げてくる。

僕はその言葉に、首を二度左右に振った。

「いえ、秘密にすることなんて何も」

「そっか。でもやっぱりいいや。君が僕に負けた時、たぶん後悔しそうだからね」

神楽先生は右の手のひらを突き出すと、僕に向かってそう言い放つ。

「負けた時……ですか。でも、先生を前にしてこんなことを言うのはどうかと思いますが、コンテストを譲るつもりはありませんよ」

「へぇ、そういうのって僕は好きだよ。僕にも勝つことよりも欲しいものがあるように、君にも守りたいものがあるだろうからね」

神楽先生は薄い笑みを浮かべながら、僕に向かって意味ありげにそう告げる。

僕はそんな彼の言葉が何を意味しているのか、たちどころに類推した。

「僕が守りたくて、先生が欲しいもの……ですか。それはつまり由那のことですね」

「由那……それは音原先生のことかな？　さて、どうだろう。何しろ、君と僕の考えているものが、本当に一致するとは限らないからね」

「話をごまかさないでください」

論点をずらそうとしているように感じた僕は、思わず声を荒らげてしまう。

だが直後に店内の何人かの視線がこちらへと向けられたところで、僕はすぐに自らの軽率さを恥じた。

一方、僕同様に周囲の視線を集める形となった目の前の人物は、そんな視線などまったく気にする風もなく、その口元に薄い笑みを浮かべてみせる。

「へぇ、意外と感情的にもなるんだ。ふむ、高校生相手に意地悪をするのは本望《ほんもう》ではないし、君の聞きたいことをはぐらかすのは失礼だ。だからこう答えるとしよう。欲しいものかどうかは別として、彼女に付き合って欲しいというのは本当だとね」

僕の視線を真正面から受け止めながら、神楽先生は軽く肩をすくめつつ、あっさりとそう言ってのける。

途端、僕は自然と自らの眉間にしわが寄るのを感じた。

「でも、先生は先日が初対面だったんですよね」

「そうだね。一般的な意味ではその通りさ。でも、彼女の作品とはそれまでに何度も会っていた。君が原作を書いたというあの作品を、編集部でたまたま目にすることができたその日からね」

その神楽先生の言葉が意味するところ。

それはつまり、由那のことを漫画でもって理解したということである。

だからこそ僕は、やや不快な気分となりながら疑念を向けた。

「先生は漫画で彼女を見ているんですか」

「おや、少し目つきが変わったね。でも、そんな変なことを言っているつもりはないよ。じゃあ逆に聞くけど、君は何をもって彼女を評価すべきだと言うんだい。顔かな、スタイルかな？」

軽く両腕を広げながら、神楽先生はあっけらかんとした口調でそう問いかけてくる。

それに対しやや言葉をつまらせながらも、僕はそれ以外の点を口にした。

「綺麗事を言うつもりはありませんが、性格とか内面とか……」

「だとしたら、尚更僕の見る目は正しいと思うよ。何しろ漫画制作っていうのは、その人の内面が作品に如実に出るものさ。もちろん、僕が彼女を好ましく思う理由はそれだけではないけどね」

その物言いには確かに、一概に否定できない点が存在した。

彼女の漫画には、普段は外面に出さない由那の繊細さや優しさが、間違いなく作品世界を包み込んでいる。

しかしながら僕は、彼が彼女を景品のように扱うことだけは許すことができなかった。

「僕は負けません。貴方に」

「そっか。ふむ、どうやら嫌われてしまったみたいだね。でもさ、君がどう思おうと、僕は君のような人間を好ましく思っている。だからさ、できる限り正々堂々と勝負しようじゃないか。ねえ、黒木昴くん」

それだけを口にすると、神楽先生は口元に笑みを浮かべながら僕に向かって右手を差し出してくる。

僕はその手を、どうしても握り返すことができなかった。

第十七話

作品投稿開始!? ついにベコノベに新作となる『フクつく』の投稿を開始したのだけど、後の先を取るという僕たちの投稿戦略を看破され、神楽先生に作戦を潰されてしまった件について部屋と呼ぶにはあまりに広すぎる空間。

それはとある屋敷の二階に存在した。

「この服を送ってきたのはどなたですか?」

部屋を闊歩《かっぽ》する黒髪の若い女性は、その端整な顔の眉間にしわを寄せながら、目の前のコタルディへと視線を走らせる。

コタルディ。

それは指関節のところまである長袖のドレスであり、彼女の前世風に形状を表現するなら、スカートにフレアーが入ったワンピースに近い形状と言えるだろうか。

一般的にはこのコタルディの上にジャンパードレスのようなサイドドレスガウンを重ねて使用することが多い。

あえて言うならば十四世紀頃に欧州で流行った服装に近く、それが今、この国の流行のファッションとして、たった一人の女性のために部屋の中に所狭しと飾られていた。

「それはその……素材も悪く、縫製《ほうせい》も二流でありまして」

女性が丁寧に細部をチェックしている姿を目にしながら、彼女の執事《しつじ》を務める壮年紳士のエッフェルセンは、言葉を濁しつつそう答えた。

すると、彼の主人である若きこの屋敷の主人は、やわらかな笑みを浮かべつつも、全く引く様子を見せず重ねてエッフェルセンに向かって問いを放つ。

「いえ、縫製なんてどうでもいいんです。実に素敵なことに、縫製が上手い人はこの国には本当にたくさんいらっしゃいますから。そしていい素材もまた、幸運な事に無数に存在します。でもこのデザインに代わるものは、残念ながらありません」

彼女が企画した首都フェイレンツェルでのデザインコンテスト。

それはこの共和国でも有数の豪商である父の遺産を受け継いだ彼女が、最初に行った大規模な投資でもあった。

そして同時に、生前一流のデザイナーを目指しながら、夢半ばにして人生に別れを告げることになった彼女が、唯一の願いを叶えるためのものでもある。

「ほ、本当によろしいのですか？　その……各ギルドに頭を下げて、この国の高名な仕立て職人は全て集めました。にもかかわらず、一般枠で公募に応じてきたギルド外のものを選ばれるとなると、後に禍根《かこん》を残す可能性が……」

「かまいません。むしろ変にギルドの文化に染まっていないことが良かったのだと思います。見てください、このシンプルで直線的なライン。コタルディの袖もややタイトに絞ってあって、女性の体のライン自体を作品の一部とする意図が透けて見えます。他の作品にこのような造形を行ったものがありますか？」

黒髪の女性は、目の前の作品に夢中になりながら、興奮を抑えきれないといった口調でそう問いかける。

だが彼女のそんな問いかけに対し、執事は困惑した表情を浮かべる他なかった。

「いえ、私にはわかりかねるところでありまして……」

「そうですね。ごめんなさい、エッフェルセン。慣れないことをさせてしまって。でも、本当にこのデザインだけが数世紀先を行って……いえ、時代を先取りしているような機能性を感じるんです」

艶《つや》やかな黒髪の持ち主である若き女性は、誤解を生まぬよう言葉を選び直し、そう説明する。

それに対し、エッフェルセンの反応は、戸惑いに満ちたものであった。

「そう……ですか。私などはこちらの絹《きぬ》の一品のほうが、丁寧に縫製されており、遥《はる》かに優美に見えますが」

「確かに素材も縫製技術も、そちらの方が遥かに優れています。おそらく、個人個人に合わせた服を作ることにかけては、この白いコタルディを作り上げてきた者よりも遥かに高みにいることでしょうね」

そう、そのことは彼女でなくても明白なことであった。

正直言って、黒髪の女性が夢中となっている作品は、端々の作りが粗い。そして素材自体の質も、他の作品からは一回りも二回りも劣るものであった。

「それでもなお、その作品が良いとおっしゃるわけですね」

「その通りです。わたしが求めているのは、上手く服を仕立てられる人ではなく、服から未来を紡ぎ出せる人。つまりはデザイナーなのですから」

「デザイナー……ですか」

聞き慣れぬ言葉を耳にして、エッフェルセンは眉間にしわを寄せる。

だがそんな彼の疑念に気づくことなく、エミナは改めて賞賛の言葉を口にした。

「そう、デザイナーです。いずれレディメイド……いえ、プレタポルテを始めるにあたり、この製作者の才能は決して無視できるものではありません。ですから、この作品を仕立てた者で決まりとします」

「ですがその……そちらのコタルディを仕上げたものには、問題がございまして」

「問題？　まさかここに来られていないとか？」

このコンテストを開くにあたり、応募者の制限を彼女は設けていなかった。それどころか応募者に対し、一律に支度金まで用意する大盤振《おおばんぶ》る舞《ま》いである。

更にコンテストの受賞者には黒髪の女性、つまりこの国で指折りの資産家となったエミナ・メルチーヌのバックアップを、全面的に受けることができると触れていた。その意味するところを理解した腕に覚えのある者たちは、こぞって自信作をコンテストへと送り、そして審査発表を行うこの日、自らこそが受賞すると信じながら、屋敷の大広間《おおひろま》にて発表を今か今かと待ち構えている。

「いえ、他の参加者同様に待機はしております。ただ、その出が少しばかり卑《いや》しく、更に問題は――」

「エッフェルセン、卑しい事は罪なのかしら？　我が国では違ったはずよ。そんなのは傲慢極まりない、お隣のシヴェア王国がやっていればいいこと。そして自由の民であるわたしたちが彼らに対抗しえているのは、まさに自由から生まれた民衆の活力にほかならないのですから」

エッフェルセンの言葉を遮る形で、エミナははっきりと自らの意思を告げる。

それを受けてエッフェルセンは、遮られてしまったもう一つの問題を告げるべきか逡《しゅん》巡《じゅん》した。

しかしながら、これまでの経験から彼女が意見を変えることはないと理解すると、恭《うやう》しく一礼する。

「……わかりました。それでは連れてまいります」

そう述べるなり、エッフェルセンはエミナの前から立ち去っていく。

そうしてその場に一人となったエミナは、改めて目の前のコタルディへと視線を走らせた。

　生前は決して叶えることができなかった夢。

　それは世の中の人々に、服を通して幸福をもたらすことである。

　そのためにも、いつか自分のブランドをと思い昼夜を問わず働きつづけた結果、彼女は目指していたコンテストの直前に過労で倒れることとなった。

　次に目を覚ました時、彼女は見知らぬこの世界に存在した。

　そう、中世ヨーロッパによく似たこのフェイレンツェル共和国の豪商の娘……いや悪徳豪商の娘エミナ・メルチーヌとして。

「まずはオートクチュールの確立。そしていずれはプレタポルテを……」

　それはこの地に転生した彼女の夢であった。

　この世界では衣服の注文者は生地を扱うギルドで生地を買い、そして別の装飾品を扱うギルドで好みのボタンなどを購入し、最後に仕立てギルドで服を仕立ててもらう。このような複数の行程が、服一つ作るためだけに必要であった。

　もちろん、これが非効率的なことは明白である。

　だが古くから各ギルドが職責分担を行っており、その利権と縄張《なわば》り争いの関係で、長年かわらぬ体制が維持され続けていた。

　正直言って、エミナはそれを変えたいと思っていた。

そのために必要な物は、ただ単純に美しい衣服というだけではなく、着るものの生活をも変えうるような、一流のデザイナーである。

もちろん彼女自身も、転生前の記憶を用いればそれなりの水準のデザイナーとして、働きうるとは思っていた。ただしそれではダメなのだ。

先ず第一に、転生前の世界とこの世界は違う。

だから生活を変えると言っても、そのまま向こうの世界のファッションを持ち込めば良いというものではなかった。

そしてそれ以上に重要なこと。それは社会を、そしてこの国のファッションを変えるには、デザイナーだけではダメだということである。

そう、優れたデザインを市場に遍《あまね》く広げる役割、つまり優れた経営者の存在が、絶対に求められていた。

だからこそ彼女は決断する。

優れた感性を持つデザイナーを発掘し、その人物に彼女のデザインに関する知識を全て伝え、この世界にあったファッションを創造してもらう。

それこそが現在の彼女の夢であった。

そして今、彼女は確信している。この白いコタルディを仕立てた者ならば、充分にその職責に耐えうる可能性を持っていると。

そんな目指すべき未来に思考を奪われていたエミナは、部屋の扉をノックする音に気づかなかった。

だからこそ、突然開けられたドアの音で、ようやく彼女はハッと我に返る。

「誰かしら？　エッフェルセン？」

「あの……すみません。ノックはしたんですけど、お返事がなかったもので」

ドアへと視線を向けたエミナは、そこに小柄な銀髪の少年の姿を目にする。

歳はまだ十代前半といったところだろうか。美少年とは呼べても、美青年と呼ぶには無理がある幼さが彼の顔からは滲んでいた。

「失礼、それは気づきませんでしたわ。それで、ボクはどうしたのかな？　お父さんか誰かについてきたのかな？」

エミナは少年の見た目から、今日のコンペ参加者の息子であると判断していた。それ故に、監督不行届《ふゆきとどき》な困った参加者がいると考えながら、彼を控室へ案内する算段を付け始める。

しかしそんな目の前の少年の口から、突然思わぬ言葉が発せられた。

「お姉さんがエミナ様ですか？　僕、ここに来るよう言われたんですが」

「ここに？」

不安そうな少年の頭を撫でながら、エミナは屈《かが》みこんで彼と視線を合わせると、意識して柔らかい声でそう問いかける。

「はい。エッフェルセンさんから」

「エッフェルセンが？　何かの間違いじゃないかしら。だってここには……え、もしかして、貴方⁉」

エミナはそこで初めて気づく。

不安そうな眼差しをした目の前の幼い少年。

後にフェイレンツェルにローラン・パッソありと言われる彼こそが、彼女の望み続けていた時代を変えうるデザイナーであると。

（レジスタ著『悪役令嬢に転生したけど、気に入ったデザインの服がなかったので、自分で作ることにしました。』）


今朝投稿したばかりの新作。

いつものカフェの軒先で第一話を読み終えた優弥は、完全に予想外という表情を浮かべていた。

「なるほどこう来たか。いや、前に見たプロット段階で、ファッションの話で女性主人公ってのは理解していたが、要項にあった壮年紳士を執事にして、さらに若い美青年を敵役……そして要項にない少年を相方《あいかた》に持ってくるとはな」

「はは、まあ主人公はともかく、他の配役には制限がなかったからね。あと、他の公募作品を一通り見たけど、どれもイラストのある三人を中心にストーリーを回していたから、目を引けると思ってさ」

既に投稿を開始した他の漫画原作部門の応募作品。

その中でも、現時点で三千ポイント以上を取っている作品を中心として、各作品における指定キャラの配役を僕は全て確認していた。

「まさに後の先を選択したメリットその一ってやつだな」

「言うなれば、後出しジャンケンみたいなものだけどね。もっともその分のリスクも背負っているわけだから、僕らの分析が間違っていたらただ無残《むざん》に敗れ去るだけだけど」

軽く肩をすくめながら、僕は優弥に向かってそう告げる。

そんな僕の覚悟に苦笑しながら、優弥は改めて視線をスマホへと落とした。

「確かにな。しかし一つ気になったんだが、タイトルが長過ぎねえか？　なんか略称とかないのかよ？」

「略称ねえ……デザインツクールとか？」

頭の中でパッと思いついた名前を僕は優弥に向かって言ってみる。

だがイマイチ気にいらなかったのか、優弥はダメ出しをしてきた。

「どこかで聞いたような名前だけど、もう少し短縮した方がいいんじゃね？」

「あまり短くすると、既に使われてそうだからなぁ。ちょっとまってね、被ってる名前がないか検索するから……ああ、『デザ』と『つく』はくっつけるとまずいかな。先に使っている人いるし。だとしたら、『フクつく』とかかな」

「『フクつく』か、なんかマヌケな感じだよな」

僕も内心で思っていた感想を、優弥は率直に口にする。

だけど僕は、何故かこの少しマヌケな感じの愛称が嫌いになれなかった。

「まあ正式な名称ではなくただの略称だしさ、ちょっと変わってるくらいの方が、記憶に残るかもしれないよ？」

「ふむ、確かにそれはあるかもな。しかし昴、この『フクつく』だけどさ、お前この手の話が書けたんだなぁ。いや、正直驚いているよ」

「まあかなり下調べをしたからね。基本的に十九世紀後半にフランスでオートクチュールが発展するまではギルドごとの分業制が主流だったから、それをモデルにしたんだ。で、そこに世界大戦中のアメリカンファッションの発展史を参考にして――」

「まてまて、落ち着け。そのことじゃない。と言うか、その辺りに関しても、ほんと良く調べたのはわかったよ。あと調べたことを、そのまま全部使わなかったこともな」

僕が世界設定に関する詳細な説明を述べ始めようとしたところで、優弥は右の手のひらを突き出してくると、僕の言葉を遮りあっさりとした評価を口にした。

「前に津瀬先生に指摘されたからね。読者は小説を求めているのであって、資料集を求めているわけじゃないって」

「確かにな。調べたことはついつい全部使いたくなるのが人情ってものだが、その中からテーマに合うものだけを厳選するのも、ある意味重要な工程だ。そこがきちっとできてるてのは、たぶん成長したってことさ」

「そうかな。はは、ありがとう」

彼の褒め言葉を受け、僕はほんの少しだけ胸のつかえが取れる。

そう、この作品は僕にとってかなり思い切って制作したものであった。

これまでの僕の作品は、その全てが男性主人公であり、彼の視点から一人称で物語を構築するように作ってきたものばかりである。しかしながら、僕は初めてこの作品で女性主人公かつ三人称を使用した。

いずれももちろん、今後の漫画原作を見越してのものである。

そんな僕の考えはさておき、優弥は顎に手を当てると、改めて先ほどの彼の驚きの理由を口にした。

「まあそれはそれとしてだ、俺が驚いたってのはそういう知識の問題じゃなくて、なんて言うか昴の書く女性キャラクターに、前にはなかった奥行きが出た気がするってことだ」

「奥行きか……それはたぶん由那のおかげかな」

率直な回答を僕は優弥に向かって口にする。

すると彼は、少しばかり意外そうな表情を浮かべ、ややずれた回答をしてきた。

「由那のおかげ？　あいつをモデルにしたからってことか？」

「違うって。モデルにしたとかそんなじゃなくて、由那が貸してくれた女性向け漫画のおかげってことさ」

そう、この作品を作る上で最も役に立ったもの。

それは服飾史の資料ではなく、由那が貸してくれた女性向け漫画であった。

「ああ、なるほどそういうことか。確かに俺たちって、結構な宿題を出されたからな」

「うん。だけどアレを読んで、少しだけ女の子がどんなことを望んでいるかわかった気がするよ」

変身願望や恋愛、強くなること、認められること。

漫画には様々な願望が込められている。そして女性向け漫画を読むことで、その読者の人たちが求めている物が、ほんの少しだけ僕にもわかった気がしていた。

「ほう、じゃあ、俺と今度ナンパに行こうぜ」

「行かないよ。と言うか、いまどきナンパなんて流行らないよ」

「こういうのは、流行る流行らないじゃねえんだよ。第一、世の中草ばっかり増えてやがるからさ、それじゃあダメだろ」

優弥は首を左右に振りながら、思わず愚痴をこぼす。

そんな彼に向かい、僕は苦笑交じりに苦言を呈した。

「そういう問題でもないと思うけどね。それに優弥はナンパより先に、受験勉強をした方がいいんじゃない？」

「その貴重な時間を、こうやってお前のために使っているんだろうが」

優弥は僕の指摘に対し、両手を左右に広げながら抗議してくる。

だけど僕は、そんな彼に向かい冷静な指摘を口にした。

「自分から会おうって言ってきたのは、一体誰だったっけ？」

「勉強には気分転換も必要だからな。そんな黄金より貴重な時間を、お前のために割いてやってるんだ。もっと感謝しろよ」

僕の皮肉などどこ吹く風で、優弥はあっさりとそう言ってのける。

ボクは少しばかり悔しかったため、敢えて感謝の対象をずらすことにした。

「まあ優弥はともかく、漫画を貸してくれた由那には感謝はしないとね」

「だから俺にもだろ。まあいいや。それよりも、そろそろランキングの更新時間のはずだけど、覚悟は良いか？」

「いつでもいいよ。どうせビビっていても、一日三回は来るんだしさ」

ベコノベの日間ランキングは早朝、昼、夕方と一日三回更新される。

だからこの更新を見逃したところで、あまり大した問題はないと僕は高をくっていた。

何しろ、今朝新作を投稿したばかりなのだから。

しかしそんな僕の予想とは異なり、優弥の表情は驚きに満ちたものとなる。

「なら早速……え⁉」

「どうしたの優弥？　三百位以内にもう入っていたとか？」

ランキングの表示される下限は三百位である。

そこへ一両日中に入ることが、僕のひとまずの目標であった。

だが優弥の声は短く、そして否定の色を帯びていた。

「違う」

「え、じゃあ箸《はし》にも棒にもかからなかったわけ？　まあ投稿初日だしね。過剰な期待は──」

「違うそうじゃないんだ。つまり逆だよ」

僕の言葉を遮る形で、優弥はそう口にする。

途端、僕は眉間にしわが寄るのを感じながら、優弥に向かって確認するように問いかけた。

「逆？」

「ああ、十五位。十五位なんだ、日間総合ランキングの」

予期せぬその数字。

それを耳にした瞬間、僕は驚きの声を上げる。

「ウソでしょ。だって投稿してから最初のランキング更新だよ。いくらなんでも……え……本当に？」

「ああ、ほら見てみろよ」

そう言うなり、優弥は彼のスマホを僕へと見せてくる。

そこに示されていた順位。

それは紛れもなく十五位であり、七百ポイントもの数字がその横に記されていた。

「七百……いやでもまだ投稿してから半日も経っていないし」

「変だな。いや、もともと昴にはベコノベの固定ファンが付いているから、ランキングに入ること自体は不思議じゃない。しかし、こんなにいきなり……まさか！」

優弥はそう口にすると、慌ただしくスマホを操作する。そして一つのページへとアクセスしたところで、途端にその表情を歪ませた。

「しまった、やられた！」

「どうしたの、優弥」

彼の反応の意味がわからず、僕は困惑を覚えながらそう問いかける。

するとそんな僕に向かい、優弥は苦々しい口調で苛立ち交じりの言葉を吐き出した。

「あいつの仕業だ。くそ、なぜ俺たちの狙いに感づきやがった」

「あいつ？」

その意図する人物がわからず、僕はそのまま問い返す。

途端、彼は大きく頷くと、懸念すべきその人物の名と行為をその口にした。

「ああ、あいつだ。神楽だよ、あいつが昴の作品を面白いって、ブログや短文投稿サイトで宣伝しやがったんだ。ちくしょう、してやられた」

そう、彼による僕たちの作品を賞賛する行為。

それは表面的には好意の表れのように映るものの、間違いなく僕たちの描く計画に大きな変更を迫る行為であった。

第十八話

潰された作戦を立て直せ!?　投稿開始をわざと他の作品から遅らせて後の先を取る作戦は破綻し、新たな作戦を立案しようとしていたら、シースター社の僕自身の担当編集者からメールが来た件についてこの蒸し暑い夏も、ようやく終わろうとしていた。

僕たちに残された夏休みは残り一週間。

そんな僕たちは、暑さとは無縁のこの場所にいた。不必要なまでにクーラーが効いたこの由那の部屋に。

「で、あなたたちの話がよくわからないんだけど、そうして神楽の奴が宣伝したら、昴が不利になるって言うの？」

僕の新作が日間ランキングの十位まで上がったその日、由那はお祝いをしようとばかりに僕たちを部屋へと招いた。

しかし彼女が目にしたものは、依然として悩みの中にいる僕たちの姿だった。

「あの……先輩。正直にいうと、私もわかりません。宣伝してもらってポイントがたくさんついたほうが、ベコノベでは多くの方が読んでくださるみたいですし、そのほうがいいんじゃないですか？」

「普通なら、確かにそうなんだけどな」

如月さんの常識的な疑問を耳にした優弥は、苦い表情を浮かべながらそれだけを口にする。

　一方、そんな彼の言葉に、由那は疑問を呈した。

「普通なら？　どういうこと？」

「今回、ベコノベの漫画原作部門はほとんど新作ばかりで戦うことになっている。応募要項を満たさなければいけないから、当然と言えば当然だけどな。で、その作品のほとんどがほぼ同時に投稿されるわけだ。しかも同じ主人公やキャラを使ってな」

「同じ主人公やキャラをですか……あ！」

　優弥の説明を受けて、如月さんは何かに気づいたように顔を上げる。

　その気づきを肯定するように、僕は大きく首を縦に振った。

「うん、似た傾向の作品がランキングに密集して、全体的にポイントの伸びが低調になり始めてるんだ。まあ主人公の名前とか外見だけでなく、主要キャラまで共通なんだから仕方ないけどね」

　苦笑を浮かべながら僕がそう解説すると、由那はハッとした表情となり、その口を開く。

「待って……じゃあ。あなたたちがこの夏休み終了ぎりぎりまで投稿開始を遅らせたのは、もしかして……」

「ああ、そうだ。つまり同じ漫画原作部門に投稿された作品群が、今みたいにランキングで団子になったこの時期を外すためだ」

「……なるほど、あなたたちにしては考えたものね」

優弥の肯定を受けて、由那は本当に感心したのかゆっくりと首を縦に振る。

そんな彼女を目にして、僕は笑いながら補足を口にした。

「はは、まあね。あと、作品のターゲット層の問題もあったしさ」

「ターゲット層？」

「ああ。正直に聞くぜ。ファッションと商売をメインテーマにした昴の作品は、中高生向きだと思うか？」

いまいちピンと来ない様相を見せる由那に向かい、優弥は顎に手を当てながらそう問いかける。

すると由那は、ほんの少し考えこんだあと、僕の方を気にしながら正直な感想を口にした。

「……違うと思う。たぶん大学生とかのほうが好みそうな気がするわ」

「その通りだ。実際今回の作品を投稿するにあたって、昴が津瀬先生から以前見せてもらった統計データを参考にしたんだ。年齢別の好みのジャンルやキーワードに関するな。で、結論から言えば、この八月中に正面から戦うのは不利だと俺たちは判断した」

優弥の言う通り、今回の投稿スケジュールを決定するに当たり、出版社でプレゼンする際に使用した統計データを非常に参考させてもらっていた。

おそらくこの場に先生がいれば、苦笑を浮かべながら知っているからこそ選べたわけだとでも言ってくれるところだろう。

そんなことを僕が考えている短い間に、由那はすぐその理由に気づく。

「八月中が不利……あ、夏休み！」

「そうだ。春休み、夏休み、冬休み。この時期にポイントの伸びる作品は、ターゲット層を若くしている作品が多い。実際、他の漫画原作に応募中の作品はそういうものが多いんだが、昴の『フクつく』はそれと被らないように作ってる。まあ意図的に外した面が大きいんだがな」

更に付け足すならば、この長期休暇時期は投稿作品数が増える傾向にもある。

ポイントを先行されるリスクを冒したとしても、後出しジャンケンを行うべきだと僕たちが判断した理由は、これらの要素を総合的に判断した結果であった。

「なるほど。まさに後の先ってわけね……そっか、わかったわ。だからあいつにやられたって話になるわけね」

「そういうことなんだよ。ランキングの上が支えている状態で、無理やりランキング戦線に引きずり出されてしまった。本当なら一次選考の直前でかつ他の応募作品の投稿が一段落したあと。その絶妙なスイートスポットに、作品のピークを合わせたかったんだけどね」

まさにそれこそが僕たちの投稿戦略。

応募締め切り一週間前から作品投稿を開始し、ランキングを少しずつ登って行って、一次審査直前にピークを合わせる。そしてその上で、一気に他の作品を抜き去っていくことこそが、僕たちの描いていた理想像であった。

「もしかしたら、あいつは最初から僕たちの戦略を見きっていたのかもな」

「……十分ありえる話だね。実際に津瀬先生も、一瞬で僕たちの狙いが後の先にあることを見抜いていたし」

そう、予備校の屋上で津瀬先生に投稿開始を遅らせていると話した際に、あの人は一瞬でその目的が『後の先』にあると看破していた。

「と言うか、あの人はちょっと別格だろ。作品ももちろんすごいけど、データの処理とか分析は正直理解できないレベルだぜ」

「まあ、津瀬先生の話はいいわ。今回のコンテストには出てないし。それより、あなたたちの悪巧《わるだく》みが封じられて、あいつに勝てるの？」

その由那の疑問は妥当なものであった。

しかし、僕はその疑問に対してはっきりと答える。

「多少、苦しくなったのは本当のところさ。でも、決して神楽先生が有利になったわけじゃない」

「そうだな、昴。俺たちはポイントを稼ぐための投稿ラッシュを行わずに、こうしてランキングを登ることができた。その意味では、マイナスばかりではなく、プラス面もあったわけだからな」

悪い点ばかりを見ていても始まらない。

確かに混戦の中に無理やり放り込まれたわけだから、決して芳《かんば》しい状況ではなかった。でも、過ぎてしまったことを今更後悔しても仕方がない。

僕がやるべきことは、前半でビハインドを負った時のサッカーと同じである。

前半に相手に点を決められて折り返したなら、後半に決め返せばそれでいい。

だから僕たちが今、見据えるべきは、ここまでの過程ではなく、これからのコンテストの推移であった。

その結論に至ったところで、僕は見過ごすことのできなくなった、とある存在のことを口にする。

「そうだね。となると、心配なのはもう一人の存在だけど」

「鴉か……あいつどうなんだろうな」

僕の言葉から誰を示唆しているのか勘づいた優弥は、軽く頭を掻きながらその名を告げる。

すると、由那が眉間にしわを寄せながら、率直な問いを口にした。

「鴉って誰？」

「複垢《ふくあか》でポイントを稼いでいそうな不良ベコノベ作家さ」

「複垢？」

聞き慣れない単語であったのか、由那は怪訝そうな表情を浮かべる。

そんな彼女に向かい、僕は優弥から受けた説明をかいつまんで行った。

「うん、複垢。他人のふりをしてベコノベにアカウントを登録し、自分の作品にポイントを入れる行為らしいんだ。ベコノベでは違反行為に指定されているんだけどね……」

「ずるいことをする人もいるんですね」

如月さんは嫌悪感を隠せぬ口調で、複垢使いのことをそう論評する。

それに対して、優弥の答えは比較的楽観性に満ちたものであった。

「まあ賞レースだからな。どんな手を使ってもって奴は、多少交じってくるさ。でも多分、心配はいらないと思うぜ」

「どうしてそう言えるの？」

優弥のお気楽そうな口調で発せられた言葉に、由那は理解できないといった口調でそう問いかける。

だが、それに対する優弥の回答は、極めてシンプルなものであった。

「だって、違反がバレようがバレるまいが、どうせ一次選考を通らねえだろうからな」

「そっか、なるほど。そういうことね」

由那はようやく話が摑めたとばかりに、胸の前で軽く腕を組む。

一方、如月さんが未だキョトンとしていたこともあり、優弥は彼女への説明も兼ねて、詳細な理由をその口にした。

「ああ。二次選考にまで残れば、確かにこのまま複数アカウントを使ってポイントを稼ぎ、こいつに賞をかっさらわれる可能性も出てくる。でも一次選考は編集部が行うわけだ。結局こいつの作品が評価されなければ、二次に辿り着けないんだからは心配いらないさ」

「ってことは、あまり面白くないのね？」

「そこまでじゃないってのが、正しいんだろうな。公開されている部分は読んだが、設定や世界観は確かに抜群で、一瞬実力によるポイントかと俺も思った。でも、文章力や話の盛り上げ方がさっぱりなんだよ。ほんと淡々と機械みたいに進んでいく感じでな」

鴉の作品の正直な感想。

それを優弥は由那に向かって告げる。

「機械みたいに……か」

「だから音原、別に心配はいらないと思うぜ。少なくとも作品の質に関しては、昴や神楽に勝てるような代物《しろもの》じゃないからな」

「そう……でも何か嫌な予感がするわ。油断しない方がいいと思う」

重ねての優弥の説明を受けても、由那の表情が晴れることはなかった。

そんな彼女を目にして、優弥は一つ頷くとともに、その心配を取り除こうと改めて声を上げる。

「確かにな。だがいずれにせよ、俺たちがまず最優先すべきは、自分たちの足元を固めることだ。つまり戦略の立てなおしと、しっかりと二次に行けるだけのクオリティの作品を投稿していくこと。この二つをしっかりやるしかない」

優弥の言う通りだ。

不安ばかり言ってもしょうがない。今は起こる障害を一つ一つ取り除いて、前に進むしかないのだから。

「そうだね。そのためにも、作品の……あ、ごめん。ちょっとメールが入った」

優弥の言葉を受けて同意を示そうとしたその時、僕のスマホがメールの着信を告げる。

そうして僕がスマホのロックを外そうとしている間に、目の前の二人はいつもの軽口を叩き始めた。

「女か？　音原が泣くぜ」

「優弥！」

「はは、冗談だって。そう怒るなよ」

由那の怒鳴り声に対し、優弥は肩をすくめながら笑って誤魔化す。

僕はそんな二人を眺めやりながら、改めて口を開いた。

「ごめん、話の腰を折って」

「いや、で、どの女からだったんだ？」

「女性じゃないよ。年上の男性さ」

先ほどの設定を引っ張る優弥に苦笑しながら、僕は端的に事実だけを口にする。

それを受けて、思わぬ人物から驚きの声が上がった。

「え……先輩ってそんな趣味が！」

「ないない。と言うか、如月さん。本当にそんな趣味はないから、目をキラキラさせながら、僕を見ないで」

彼女の視線の意味はよくわからなかったものの、僕はほんの少しだけ背中に寒いものを感じたため、慌てて否定を行う。

一方、そんな僕の発言に対し、未だ納得を見せない女性が存在した。

「で、誰からだったの？　やましくないなら言えるでしょ」

「いや、やましくはないけど、僕にもプライバシーがさ……まあいいか。メールは担当さんからだったよ」

「担当か……それは士洋社ではない方だな」

話の流れと士洋社との関係から、優弥はメールの主のことをあっさりと勘づく。

それを受けて僕は、苦笑交じりに小さく首を縦に振った。

「まあ当然ね。というわけで、シースター社の編集者さんが、僕の新作を見たっていうメールさ」

第十九話

作品づくりに必要なものはデート!?　担当

編集者からのメールでやる気を出していた僕

に対し、『フクつく』にリアリティを与える

ため、女性物の服を見に行こうと由那が提案

してきた件について

黒木昴様

いつもお世話になっております。

シースター社の石山《いしやま》です。


英雄放浪記ですが、ベコノベ版が順調そうでなによりです。

そう言えば、先日お問い合わせ頂いておりました三年縛りの件ですが、ようやく意味がわかりました。士洋社の漫画原作に応募されているのですね。週間ランキングを見ていたら、黒木さんの名前があって驚きました。

作品としては女性漫画誌の原作ということもあって、全体的に華やかな作りですね。個人的には、女性の描き方が上手くなっている気がして、これが放浪記にも生かしてもらえたらなと思っています。


改めてになりますが、先日お答えさせて頂きました通り、当社では三年縛りのような規定は設けておりません。ですから、他社様での活動は特に制約がありませんので頑張って頂ければと思っています。

もちろん当社を最優先して頂けたら、石山は嬉しいわけですが……ともあれ、これで黒木さんの名前が有名になれば、その分、放浪記も売り上げが上がる気がしますし、やるなら受賞してくださいね（笑）

さて、その放浪記に関しましては、イラストレーターさんの選定を始めさせて頂ければと思っています。特にご存じの方がいらっしゃらないとの事でしたので、当社の方から何人かの方をご提案させて頂きますね。

一応、来年の三月に発売のつもりで動いておりますので、改稿分を十一月初旬には提出頂けたらと思っています。


それでは頑張ってくださいね。

以上、今後とも宜しくお願いいたします。
■■■■■■■■■■■■■■
株式会社　シースター社

アシスタントエディター
石山　修（いしやま　しゅう）

「へえ、担当にばれたってわけか」

「ランキングはいつも見てるって、前に電話で聞いていたからね。まあ妥当なところではあるけど……って覗かないでよ」

いつの間にか後ろに回り込み、僕の右肩越しにスマホを覗き込んでいた優弥に対し、僕は思わず注意する。

しかし当人は、まったく反省した素振りを見せなかった。

「そんなみみっちいこと言うなって」

「そうですよ先輩、先輩ならドーンと構えてですね。へえ、三年縛りって本当にあるんですね」

優弥とは反対側の肩越しに、いつの間にか僕のスマホを覗き込んでいた如月さんは、興味深そうにその内容を口にする。

僕の肩にかかった彼女の長い黒髪を少し手でどけると、やや投げやりな口調で彼女の疑問に答えた。

「レーベルによるんじゃないかな。僕は拾い上げだから、そういう縛りとかは関係ないけどね」

「まあ出版社も慈善《じぜん》事業じゃないからな。新人賞にかかる経費を考えれば、専属の契約を結んで欲しいのは仕方ないところだろう」

僕たちの会話を耳にして、いつの間にか元のソファーへと戻った優弥は、軽く両腕を広げながらそう告げた。

それを受けて、僕は正直な印象を口にする。

「ある意味、契約金の感覚なのかもね。僕は貰ってないからわからないけどさ」

「お前も新人賞デビューなら、今頃ウハウハだったのに」

「はは、この部屋にいてそんなこと言っても虚《むな》しくなるだけだよ」

タワーマンションの最上階に当たるこの部屋をゆっくり見回しながら、僕は優弥に向かってそう告げる。

そんな僕の発言に対し、部屋の主人は軽く鼻で笑って見せた。

「ミリオンセラーでも出したら買えるんじゃないかしら。その時はうんとおごってもらわないとね」

「音原、お前までこいつにたかる気かよ。俺が独り占めするはずだったのにさ」

存在しない賞金話でよく盛り上がれるなと思いつつ、僕は目の前の灰色の男にチクリと釘を刺す。

「心配しなくても大丈夫だよ、優弥。大学に受かりさえすれば、僕はちゃんと約束を守るからさ」

「そうやって、地味にプレッシャーかけてくるのやめてくれねえか。受験生のメンタルは繊細なんだぜ」

「あら、私は別にいつ受験でも構わないけど」

優弥を見下すかのような視線を向けつつ、由那は勝ち誇った笑みを浮かべる。

それに対し優弥は、悔しさからかすぐにそっぽを向いた。

「お前基準で物事を決めるなよ、くそう」

「本気で編集者になりたいのなら、地道に頑張ることね」

「え、先輩って編集者志望なんですか」

由那の言葉を耳にした如月さんは、驚きの声を上げる。

それに対し、由那は意味ありげな笑みを浮かべてみせた。

「そうよ。だから無謀《むぼう》にも、慌てて受験勉強をしてるのよね」

「くそ、既に二人も俺がプロに育て上げたっていうのに、なぜ受験なんてしなけりゃいけねんだ」

「はは、育てたねえ。まあでも、今回もプロの編集さんと同じ指摘をしてきたし、本当に向いているのかもね」

「編集さんと同じ指摘ですか？」

僕の言葉を耳にした如月さんは、目を丸くしながらそう尋ねてくる。

すると、優弥がやや自慢げに自らの功を誇った。

「ああ、昴の女性表現が良くなったこと、俺が最初に気づいたんだぜ」

「気づいたのはね。結局のところ、一番は由那のおかげなんだけどさ」

僕は苦笑を浮かべながら、優弥の発言を軽く揶揄《やゆ》する。

一方、僕が名前を口にしたのが意外だったのか、由那が自分を指差しながら尋ねてきた。

「私の？」

「うん。ほら、この前に借りた漫画を読んでさ、だいぶ女性のキャラを書くときの感覚が摑めてきた気がするんだ」

「そ、そう。まさに私の計画通りね」

照れ臭かったのか、由那は僅かに言葉を詰まらせながら、敢えて優弥へとその視線を向ける。

「だからなんで俺に勝ち誇った顔を向けてくるんだよ」

「勝ったからに決まってるじゃない」

先ほどの照れはどこへやら、堂々とした口ぶりで、由那は優弥へとそう告げる。

途端、優弥は嫌そうな表情をその顔に浮かべた。

「最初からお前とは何も勝負してねえって。ともかくだ、個人的に昴の今回の作品で他に気づいたのは、ちょっと服の表現が頭でっかちな気がするってとこかな」

「頭でっかち？」

優弥の指摘に対し、僕はその意味するところがピンとこず、わずかに首を傾げる。

すると彼は、意味ありげな笑みを浮かべながら、僕に向かって口を開いた。

「ああ。写真だけを見て、平面的に女性服を描いてる感じがするんだよ。もちろん文章だから感覚的な話なんだけどな。でもたぶんお前、女の子の服とか選んだことないだろ」

「小学生の頃に妹の服を選んであげたことはあるよ」

そう、妹が幼稚園に通っていた頃に、母に連れられて服を買いに行った記憶。

その際に、妹のトレーナーの柄を決めたのは、何を隠そうこの僕であった。

だが、そんな黒木家の微笑ましい過去を、優弥はバッサリと切って捨てる。

「小学生の頃の話はノーカンだ。と言うか、そんな時の服選びの記憶がお前の作品に使えるか？」

「そう言われると、あまり役には立たないかなぁ」

「だろ。それが文章から透けて見えるんだよ」

そう言われると、僕も反論のしようがなかった。

確かに、今回の作品は女性主人公がセンスのある服を服飾理論に基づいて選定していく描写がある。しかし作者たる僕には、自分の服もサッカーのジャージのメーカーくらいにしか特にこだわりがなかった。

そんな僕の悩み。

それに気づいたのか、由那が急に顔を上げると、少し顔を赤らめながらその口を開く。

「つまり本を通して以外で、女の子の服を知らないことが問題と言うわけね」

「まあ極端に言えばな」

「なら対処は簡単ね。行きましょう」

「行く？　行くって何処に？」

彼女の言葉の意味するところがわからず、僕はそのまま問い返す。

すると彼女は、人差し指を軽く突き立てながら、僕に向かって言葉を返してきた。

「女の子の服を知るために一番適した場所によ」

「ああ、なるほどな。つまり音原は、服を一緒に買いに行く口実が欲しかったわけだ」

由那の発言を聞くなり、優弥がニヤニヤした表情を浮かべながら、意味ありげなことを口にする。

途端、由那は僅かに声をつまらせながら、首をぶんぶん左右に振った。

「そ、そんなんじゃないわよ。勝手に理由を解釈しないでくれる？」

「えっと、これは私も遠慮した方がいい場面なのでしょうか？」

僕たち三人を順に見ながら、如月さんは誰に言うともなくそう呟く。

それを自分への言葉だと解釈したのか、由那は慌ててその口を開きかけた。

「だからそんなんじゃないの。私はただ単純に――」

「そうだね、由那が服を買いに行くなら、荷物持ちくらいはするよ。そうでもないと、女性の服のお店なんかにとても入れないからね」

流石に僕も年頃の高校生である。

彼女がなにに気を遣っているのかあっさりと看破してみせた。

しかし、そんな僕の発言を耳にするなり、優弥が由那に向かって意味のわからぬ言葉を投げかける。

「……音原、お前もけっこう大変だよな」

「やめて。貴方の同情、すっごく虫酸《むしず》が走るから」

由那はそう口にしながら、その日一日はずっと、なんとも言えぬ表情を浮かべ続けることとなった。

第二十話

由那と交わした新たな決意!? 作品作りのためにニ人でウィンドウショッピングを行った後、喫茶店で休憩していたら、突然由那かららに東京の大学に進学するよう強く勧められた件について

「しかし、遅いなぁ。普段は遅刻嫌いなのに」

僕たちの住む衣山市から三駅離れた外側駅。

衣山市をベッドタウンとするならば、外側駅のある道山《みちやま》市は比較的大きなテナントやショップが建ち並ぶ中規模都市であり、待ち合わせ場所となる銀天街《ぎんてんがい》というアーケードの入り口には無数の人が行き交っていた。

「何かあったのかなあ。意外と……あれ？」

確認するようにぐるりと周囲を見回したところで、僕は店舗が建ち並ぶ細い路地《ろじ》の隙間《すきま》から、顔だけを突き出す形でこちらをチラチラと見てくる不審な人物に気づいた。

「あのさ……何してるの、由那」

「え……その……うん……」

僕に声を掛けられた由那は、少しバツの悪そうな表情を浮かべながら言葉を詰まらせる。

そしてなぜか覚悟を決めたように一つ頷くと、彼女はようやくその姿を僕の前に現した。

「変じゃないかな……と思って……」

「変？」

彼女の言葉に僕は軽く首を傾げる。

すると、やや怒ったような口調で彼女は僕に迫った。

「私の格好が変じゃないかなと思ったの」

彼女のその言葉を受けて、僕は初めてその視線を顔から下へと動かす。

少し丈の短い真っ白なワンピースに、肩に掛けたグレーのカーディガンをストール風に巻く。そしてその足元には白のスニーカーを配置して、少しカジュアルダウンを図っていた。

「変と言うか、女子大生のモデルさんみたいだよね。もともと由那はスタイルがいいからなんでも似合うんだろうけど……って、どうしたの？」

「なんでもない。さあ、行くわよ！」

由那は急に僕から顔を背けると、そのまま足早に歩き始める。

僕はそんな彼女の反応に首を傾げながら、慌てて後を追った。

「変と言えば、街中で顔だけだしてチラチラしてたのは結構変だったよ」

「その話はもう終わったの。と言うか、そのあたりが昴よね」

「どのあたりかはわからないけど、まあ僕はいつも僕だよ」

ようやく由那の隣まで追いついた僕は、苦笑を浮かべながら彼女とともにアーケードの街並みを歩いて行く。

そうして最初のアーケード街の終わりを左折し、大街道と呼ばれる次のアーケード街に差し掛かったところで、僕は由那に向かって抱いていた疑問をぶつけた。

「今日はなんで四越百貨店《よつこし》なの？　松前町《まつまえ》のエラフルＭＩＮＡＳＥの方が、高校生はよく行くって聞いたことがあるけど」

「あそこは新しいからね。友達とはたまに行くけど、でも貴方の作品を考えるとちょっとね」

「作品を考えると？」

由那の言葉の意味がわからず、僕はそう問いかける。

途端、由那は苦笑を浮かべながら僕に向かってその理由を口にした。

「エミナが目指してるのは、プレタポルテでしょ。だったら、四越の方が品揃えの方向性が近いじゃない」

「あ、確かにそうだよね」

そう言われて、僕は初めて気づく。

確かに僕の作品の参考になるとしたら、四越の方だろう。

「あとエラフルの方が若い人が多くて、いつもちょっと面倒なの」

「由那は歩いているだけで目立つからね」

「まあね」

一緒に街を歩いていると、彼女へと少なからぬ視線が向けられるのを僕は感じていた。だから傲慢故の言葉ではなく、それは彼女の本音なのだろう。僅かに疲れたような彼女の溜め息が、何よりも雄弁にそれを物語っていた。

「貴方は普段、何処で買い物とかしているの？」

「そうだね、大街道の端のヤマベスポーツさんかな」

この道山市でも江戸時代から続くとされる用品店であり、明治期からスポーツ用品を取り扱っていたと言われている老舗《しにせ》中の老舗であった。

一方、そんな僕の愛用の店に対し、由那はなぜかやや引き気味の反応を示した。

「スポーツ用品店よね、それ」

「そうだよ。レガースとソックスも意外と品揃えが良くておすすめなんだけど」

由那の反応を訝しげに思いながら、僕は重ねてそう告げる。

途端、彼女の口からは深い溜め息が吐き出された。

「……はぁ、そうよね。昴だもんね」

そんな会話を重ねるうちに、僕たちは目的としていた四越の前へと到着する。そして二人して入り口の自動ドアをくぐったところで、僕は思わず正直な本音を口にした。

「しかしいつも思うけど、この化粧品のフロアが苦手なんだよね」

「でも、ここ通らないと他の階にいけないでしょ？」

「そうそう。だから屋上にあるフットサル場に行くのがいつもちょっと恥ずかしくてさ」

「それってつまり、ジャージ姿でここを抜けてるってことね」

そう口にした由那は、僕の横顔をジト目で見つめてくる。

それに対し、流石にわかっているよとばかりに、僕は胸を張りながら彼女に向かって一つの事実を告げた。

「まあね。あ、でも僕でも流石にＴＰＯはわきまえてるから。だから今日はジャージじゃないでしょ」

どうだとばかりに告げたその事実。

それに対し、由那はやや冷たい声で思わぬ問いを僕に放ってきた。

「……昴。お小遣いは財布の中に余ってるかしら？」

「まあ今年の夏はプロテインも買わなかったし、遠征にもいかなかったからね」

そう、今年は体を作る必要もなければ、他県の高校との合同合宿もない。

どちらかと言うと、家で黙々とモニターを見つめ続けているばかりであり、かつてないことに、僕の財布の中には夏目さんだけではなく諭吉《ゆきち》さんまでが鎮座《ちんざ》していた。

そんな僕の懐事情を確認した由那は、一つ頷くと僕に向かって思わぬ申し出を口にする。

「ならしばらく無駄遣いしないで、次回はエラフルＭＩＮＡＳＥに付き合いなさい」

「へ、それはいいけどなんで？」

話の見えない僕は、首を傾げながらそう問いかける。

すると、途端に彼女の険のある声が僕へと向けられた。

「貴方の服を買いに行くためによ！」


「実は『フクつく』を書き始める前に、現代の女性ファッションを勉強しようと思って、何冊か雑誌を買って読んでたんだけどさ、やっぱり生で見てみると違うよね」

由那に案内される形で、店内の女性服売り場をウィンドウショッピングしたあと、同じ二階フロアにある紅茶店に腰を下ろした僕は、正直な感想を彼女へと口にした。

「そりゃあね。と言うか、女性誌を貴方が買ったの？」

僕の言葉に驚いたのか、由那は心底意外そうな表情を浮かべる。

そんな彼女に向かい、僕は先々週の出来事を口にした。

「うん。そうだよ。恵美にお小遣いあげたら次の日には買ってきてくれたからさ」

「えっと、恵美ってのは誰？」

僕が恵美のことを口にするなり、由那の声のトーンがやや低くなる。

それを受けて、僕は自分の記憶違いかと思わず首を傾げた。

「あれ、会ったことなかったっけ？　うちの妹」

「……そうよね。うん、わかっていたけどやっぱりそうよね」

なぜか納得したような表情を浮かべながら、由那は何度も頷く。そして小さく溜め息を吐き出すと、彼女は目の前のダージリンを一口含んだ。

「どうしたの？」

「なんでもないわ。貴方から妹さんのこと、聞いたことなかったからね」

「そうだったっけ。まあ、あいつのおかげで、下調べができていたようなものだし、あとでおみやげにタルトでも買ってやるかな」

この四越の地下に入っている二六屋《にろくや》は、道山市でも老舗の和菓子店であり、特にタルトには定評があった。

「そうね、私も自分の分を二つほど買おうかしら」

「美味しいからね、タルト。でもさ、それだけでいいの？」

僕はふと思った疑問を、率直に彼女へと告げる。

途端、由那の大きな瞳はスッと細められた。

「なに、そんなに色々食べさせて、私を太らせたいわけ？」

「違うって、そういう意味じゃなくてさ。今日せっかく来たのに、本当に服を見るだけでよかったのかってこと。せっかく荷物持ちの僕がいるわけだし、何か気に入ったものがあれば買っても良かったのに」

そう、色んなブランドやセレクトショップの説明をしてくれながら、由那に気に入った服や欲しいものがなかったとは僕には思えなかった。

だから何か我慢させていたら悪いと思って、僕は率直にそう告げる。

しかし由那は苦笑を浮かべると、あっさりと首を左右に振った。

「別にいいの。買うとなると、自分に合わせた目線でしか服を見られなくなるから。今日はそのために来たんじゃないでしょ？」

「ってことは、僕のため……かな。ありがとう、由那」

彼女が気を遣ってくれていたことに僕はようやく気づき、申し訳ない気持ちを抱きながら、感謝の気持ちを口にする。

すると、彼女は僅かに顔を赤らめ、僕からわずかに視線を外した。

「べ、別に気にしないで。最初に一緒に行こうって言い出したのは、私なんだから」

「そうだったね。でも由那が誘ってくれて、こうやって女性服を見て回ることができて本当に良かったよ。せっかくだしこれを活《い》かすためにも、後半パートは気合を入れていかないとね」

僕は決意を新たにしながら、由那に向かってそう告げる。

すると彼女は心配そうな瞳を僕へと向けてきた。

「後半……か。じゃあ、まだ書き終わってはいないのね？」

「まあね。優弥に考えがあるみたいでさ、さしあたってもう少しペースを落とした方がいいって言われてさ。まあ今週いっぱいはまだ夏休みだからね。これが八月三十一日なら、流石にもう少し慌ててるかもしれないけど」

僕はそう口にすると、依然として心配そうな由那に向かって笑いかける。

そんな僕の反応に安心したのか、ほんの少しだけ彼女は表情をゆるめた。

「そっか。でも、来週からはまた学校なのよね」

「うん。のこり半年の高校生活の始まりかな」

「三年間って、あっという間ね。もっと早かったらって思うこともあるけど……ねえ、昴。貴方はどうするつもりなの？」

「どうするって？」

由那の問いかけの意味するところがわからず、僕はそのまま彼女へと問いなおす。

「高校を卒業したあとのことよ。流石にいきなり専業作家になるなんてつもりはないんでしょ？」

「うん、そのつもりだったら予備校はやめてたかな。と言うか、最初に書籍化の話をもらってからすぐ、担当編集の石山さんから、学業や仕事はできる限り別に持つようにってメールで念を押されたからね」

書籍化が決まったあと、自分が高校生で作家を目指していたと伝えた途端、大急ぎで学業をやめないように連絡が来た。

出版業界がなかなか厳しい昨今において、高卒、もしくは高校中退で専業作家を志すことは非常に難しいらしい。また出版社としても、企業として作家の人生に責任を持てない以上、作家業が完全に軌道に乗るまでは全ての新人作家に学業や仕事をやめないよう指導しているとのことであった。

「ああ、それは私も言われたわ。連載が安定するまではって。でも、もとから大学に行くつもりだったから、特に気にはしてなかったけど」

「大学か。由那はどこに行くつもりなの？」

「貴方のお父さんがいるところかな。あと戸山文化大学と三田義塾大学は考えているけど、戸山だと優弥と被る可能性があるのよね」

僅かに表情を歪めながら、由那は溜め息交じりにそう口にする。

一方、僕はそんな彼女の発言に思わず笑ってしまった。

「はは、腐れ縁ってやつかな」

「不吉《ふきつ》なことを言うのはやめてよ。大丈夫、新都大学に絶対受かってやるから」

軽く拳を握りしめながら由那はそう宣言する。

そんな彼女を目の当たりにして、僕は思わず苦笑を浮かべた。

「受かってやるってはっきり言う辺り、本当に由那らしいよね」

「そうかしら。まあ私のことはいいわ。それより、さっきと同じ話だけど、結局昴はどうするつもりなの？」

私の番は終わりと言いたげな口調で、由那は僕に向かって再度将来を問いかけてくる。

僕は軽く鼻の頭を掻いたあと、最近出したばかりの結論を、彼女へと告げた。

「そうだね。今回、『フクつく』のために大学の図書館を使ってみてさ、やっぱり大学に行こうって思ったんだ。先生がいつも言っているんだけど、知っているものは選択できる。だから今後作家を続ける上で引き出しを広げるためにも、大学でしっかりと学んでおきたいと思ってね」

もちろん自分の引き出しを広げるために、必ず大学に行く必要はないかもしれない。

でも、効率よく知識を吸収する上で、大学という選択肢は僕にとって正しいものだと思われた。

「じゃあ昴、一緒の大学に行きましょうよ」

「はは、無理だよ、新都大学はさ。でも、小説を書いている時間以外は、もう少ししっかり勉強しようかなって思っている」

「いい心がけね。でもやっぱり昴も大学に進むなら、東京の大学にしない？　漫画家と原作家が離れていても仕方ないでしょ」

突然の由那の提案。

その意味するところを理解して、僕は軽く肩をすくめる。

「まだ賞を取れるかわからないけどね。でも、東京……か」

「出版社も近いし、今後創作をメインで食べて行こうと思っているのなら、悪くはないと思うわよ」

今の時代、ネットが発達したから国内のどこででも、大きな違いはない気もする。でも、作品を作る上で触れたい芸術や文化などは、東京でなければ容易に接することができないものがあることも事実だ。そして何より、彼女たちが東京に行くというのなら……

「ネットが発達したから、どこでも困らない気はするけど、でもやっぱり東京の大学は便利かもね。無理すればここから通えなくもないし、優弥も由那も東京の大学に行くなら、それもありかな」

「でしょ。なら、決定ね！」

満面の笑みを浮かべながら、いつの間にかテーブルの上に乗せていた僕の手を、由那は握る。

彼女のその行為に、ちょっとだけ自分の胸の鼓動が速くなるのを自覚しながら、僕は努めて冷静に振る舞おうと努力した。

「ちょ、ちょっと待ってよ。予備校で津瀬先生とも相談しなきゃ駄目だし、何よりもまずは目の前のことをやらないといけないからさ」

「目の前のこと……か。そうね、一歩一歩前にってのが昴らしいかも。それじゃあ、地下に寄って帰りましょうか」

由那はそう口にすると、僕に向かって微笑みかけてくる。

そんな彼女の表情を目にして、僕はほんの少しだけ気恥ずかしさを感じながらも、ゆっくりと頷いた。

「うん、そうだね。じゃあ、一緒に衣山に帰るとしようか」

第二十一話

初めて文芸部へ!?　始業式の後に初めて文芸部室に集まって文化祭の計画を立てつつ、漫画原作コンテストで優勝するために、一次選考で僕たちがギャンブルに出た件について始業式の翌日。

授業を終えた僕たちは、校舎の山手《やまて》側に存在する旧館奥の一室へとこぞって向かっていた。

「へぇ、これが文芸部室なんだ。臭いもしないし、整理整頓されてて凄いな」

如月さんに先導される形で、部屋の中へと足を踏み入れた僕は思わずそう漏らした。

僕が以前使用していたサッカー部の部室と比べると、まさに月とスッポンという表現が、この上なく当てはまる。なぜなら驚くべきことに、部屋中に充満する汗の臭いや、放り投げられた年代物のレガース、そして生乾きの穴の空いた靴下などは部屋の中に存在しないからだ。

それどころか、本棚はきちんと整理整頓され、過去に発行された部誌は発行年度通りに綺麗に並べられていた。

「昴、お前サッカー部と比べるのやめろよ。しかし、まだちょっとあちいのに、クーラーがないのは、残念だな」

「すみません、先輩。どうしても旧館はその……」

優弥の言葉を受けて、如月さんは申し訳なさそうにうつむく。

途端、優弥は慌てて彼女へと謝罪した。

「ごめん、愛ちゃんのせいじゃないしさ。それにいざとなれば、第二文芸部室を使えば良いだけだしさ」

「第二文芸部室？　そんなのあるの？」

聞いたことのない部屋の名を耳にして、僕はおもわず首を傾げた。何しろ、部員が一人で文化祭での出店すら危機だったわけである。にもかかわらず、二つも部室を使用できるなんて話があるのだろうか。

そんなことを僕が思っていると、優弥はスッと一人の女性を指差す。

「あるぜ、そいつの家」

「な、なんで私の家が文芸部室なのよ」

突然話を振られた由那は、目を見開きながら抗議の声を上げる。

一方、優弥は首を左右に振って、彼女の発言を訂正した。

「だから文芸部室じゃねえよ、第二文芸部室だって」

「ほとんど同じじゃない」

「まあまあ、確かに由那の家は居心地良いけどさ」

そのやり取りに苦笑しながら、僕は二人の間に入る形となる。

すると、由那は僕から僅かに視線を逸《そ》らした。

「そ、そんな言葉に騙《だま》されないからね」

「でも先輩のお家《うち》は、私も素敵だと思いますよ」

「だな。というわけで、おめでとう。今日から第二文芸部室に決まりだ」

「愛ちゃんまで……あなたたちは、ほんとにもう」

その怒っているような口調とは裏腹に、彼女の表情には僅かな笑みがこぼれていた。

僕は不意に初めて彼女の部屋に行った時のことを思い出す。

檻《おり》、とまで自分の家のことを呼んでいた彼女。

だからこそ、僕には彼女の本音があの表情に表れているのかなと思わずにはいられなかった。

「はは、ともかくもうすぐ秋ですから、すぐに涼しくなってきますよ」

「秋か……そうだな、そんな季節だよな」

如月さんの言葉を耳にした優弥は、視線を窓の外へと向けると、柄にもなくしんみりとそう呟く。

それを目にした由那は、先ほどの意趣返しとばかりに、優弥を弄《いじ》りにかかる。

「なにナーバスになってるの。ああ、わかった。夏休みの模試の結果が悪かったのね。悩む必要なんてないじゃない。最初からわかっていたことだもの」

「ちきしょう。当たってるから悔しいけど、お前はいつも一言多いんだよ」

由那の言葉を受け、優弥は歯ぎしりしながらそう言い返す。

そんな彼の姿を目にして、僕は一応フォローに回った。

「まあ、悩んでるってことは、真剣にやってる証拠だよね。僕は良いと思うよ」

「お前はサッカー部時代、ほとんど悩んでなかったけどな」

「はは、そうだったかな」

優弥の指摘に苦笑しながら、僕は軽く肩をすくめてみせる。

一方、僕らの会話に興味をなくした由那は、いつの間にか部誌の並ぶ本棚の前へと歩み寄っていた。

「ここの文芸部って、きちんと活動していたのね」

「はい。その部誌はちょっと自慢なんです。言うなれば、文芸部の歴史みたいなものですから」

並べられた部誌の内の一冊を手に取った由那を目にして、如月さんは誇らしげな表情を浮かべる。

僕はずらりと並べられた部誌へと視線を移すと、如月さんに向かい確認するように問いかけた。

「歴史か……そう言えば、文化祭は十一月だったよね」

「はい。藍光祭は例年十一月二週目ですから」

「だったら、原稿っていつまでに出せば間に合うのかな？」

如月さんに向かって僕がそう問いかけると、彼女は突然その場で硬直したかのように固まる。

「え、先輩もしかして……」

「まだなんとも言えないけど、せっかく入部したんだし可能ならね」

「ほ、ほんとですか。でも先輩プロだし、うちにお金は」

「はは、高校の部活なんだし、もちろんいらないって。それにどちらかと言うと、入ったばかりの新人なのに、部誌に書かせてくれって言う僕が、図々しい話だしね」

長い黒髪を振り乱しながらあたふたする如月さんに向かい、僕は苦笑交じりにそう告げる。

すると、部誌を手にしていた金髪の女性が、一つ頷きながら続いて声を発した。

「普通に考えればそうよね。で、表紙の入稿はいつまでかしら？」

「ゆ、由那先輩まで。いいんですか？」

「まあ、カラーってわけじゃなさそうだし、表紙絵一枚描くくらいならね」

由那は手にした部誌の表紙を眺めつつ、ニコリと微笑みながらそう口にする。

そうして僕たちの寄稿《きこう》が相次いで表明されたところで、残された灰色の男が慌てて会話に参加してきた。

「おいおい。ちょっと待て、俺抜きで話を進めるなよ」

「あら、そう言えばあなたもいたのよね。仕方ないから、最後のページにオマケってクレジットだけつけてあげるわ。安心しなさい」

「なんで俺だけそんな扱いなんだよ。俺も出すからな」

由那の発言に憤慨《ふんがい》しつつ、優弥は高らかにそう宣言する。

すると、そんな彼に向かい、如月さんが驚きの声を上げた。

「ええ、先輩も小説書かれるんですか」

「おうともよ。これでもベコノベ作家としては、昴の先輩だからな」

白い歯をキラリと光らせながら、優弥は僅かに自慢げにそう口にする。

一方、後輩に当たるらしい僕は、そんな彼に向かい窘《たしな》めるように口を開いた。

「と言うかさ、優弥は受験勉強忙しいんじゃないの。あんまり無理しないほうがいいと思うけど」

「心配いらねえって。すでに原稿はあるからな」

「どういう……ああ、そっか。なるほどね」

一瞬僕は何を言っているのかわからなかったが、彼が自らのことをベコノベ作家と名乗っていたことに気づくと、ようやくその意味するところを理解する。

「おう、かつてベコノベの日間ランキングにもかすったことのある異世界麻雀。もう世に出すことはないと思ったが、ついに封印《ふういん》を解く時が来たようだな」

「あのさ、高校生の部誌で麻雀なんて扱っていいのかな？」

「どうなんだ、愛ちゃん」

優弥はそう口にすると、この部の部長である如月さんへと視線を向ける。

突然、話を振られて動揺する彼女は、ある意味予想された回答をした。

「いや、それは……わからないです」

「わかんねえか。でもまあ、推理モノ書けば殺人事件も起こるわけだし、別に普通の麻雀で人は死なねえから大丈夫だろう」

納得できるようなできないような、よくわからない優弥の理屈。

それが披露されたところで、僕はあっさりと結論を出した。

「まあ、優弥のはダメなら削除ってことで」

「そうね。じゃあ、決まり」

「おい待てって。俺のが載らない可能性があるだろ、それ」

僕と由那の発言に対し、優弥は慌てて口を挟もうとする。

そんな僕らのいつものやり取り。

それを目の当たりにしていた如月さんは、急に目をうるませると僕たちに頭を下げてきた。

「先輩方、本当にありがとうございます」

「はは、やめてよ。如月さんは部長なんだからさ」

彼女に向かい、僕はすぐに頭を上げるよう促す。

すると、そんな僕に由奈も続いた。

「そうそう。少なくとも、一番下のそいつには頭を下げる必要はないわ」

「おい、いつの間に文芸部内でヒエラルキーができてんだよ」

勝手に序列を決められた優弥は、すぐに異議を申し立てる。

でも僕は冷静に考えた上で、彼に向かって口を開いた。

「まあ、加入したの一番最後だったしね。言うなれば、一番新人？」

「昴、お前まで……って言うか、同じ日に入るって決めただろうが」

「こういうのは、宣言が早いもの順よ。まあいずれにしても、例のコンテストが片付いてからの話よね」

由那のその言葉を耳にして、僕はその思考を目の前の壁へと向けた。

「そうだね。一次選考の発表がちょうど来週か」

「計算外のこともあったけど、受かっていると信じてるわ」

由那は僕に向かってやや心配げな眼差しを向けながら、そう言ってくる。

そしてあとに続くように、優弥が真面目な表情のままその口を開いた。

「リスク覚悟の上で、俺たちは勝負に出たんだ。これで一次を通過できたら、勝負手となる新たな第二の矢が打てる。何しろそのために、ぎりぎりまで更新話数を最低限にしてきたんだからな」

そう、応募要項で定められた文字数上限は五万文字。

だが一次選考を前にして僕たちが現在までに投稿したのは、選考基準をギリギリ満たす一万五千字に過ぎなかった。

第二十二話

一次選考突破!?　ギリギリのラインで一次選考を突破した僕に対し、津瀬先生が神楽先生だけではなく、例の複数アカウント作家である鴉に注意が必要だと助言してくれた件について

「おめでとう、昴くん」

いつもの予備校の個人講義。

津瀬先生は僕の顔を見るなり、昨日発表された結果をねぎらってくれた。

「ありがとうございます。でもここからが本番です」

「そうだな。今回の一次選考はあくまで漫画原作に向いてるかどうかの篩《ふる》い分け。二次からは各作品ごとの純粋なポイント勝負。つまりは力と力の戦いだな」

「はい、ここからどこまでポイントを伸ばせるかが勝負ですから」

今朝公開された一次選考通過作品は全てで二十作品。

その中で、ここから一ヶ月の間に最もポイントを伸ばすことが原作権を得るためには必須と言えた。あくまで現在のポイントは参考値になるとはいえ、現状において僕の作品の『フクつく』は未だ五千八百ポイントであり、二十作品中十九位という位置に甘んじているのだから。

「ふふ。君のその表情を見る限り、ここまでは作戦通りと言ったところかな」

「いえ、正直ヒヤヒヤでしたよ。本当にギリギリを攻めたつもりですし。なにより何作品通過できるかわからなかった上に、漫画原作に向いていないと判断されれば、いずれにせよおしまいでしたから」

「だが君は通過した。しっかりとした実りを手にしてね。正直に聞こう、あと何話残しているんだい？」

「ご存じの通り、今公開しているのが四話で一万五千字。残しているのは十二話で三万四千字です」

そう、僕は全体の四分の一だけしかまだ公開していなかった。

一方、他の作者の作品はどんな少ないものでも二万五千字以上、多いものでは既に四万字を超え完結済みとなっている。つまり僕は、他の作品の投稿回数やポイントを見ながら、リスクを承知でこれまで最低限の更新話数しか投稿していなかった。

「ふむ、残り十二話か。いずれにせよ編集の目を通過するために、公開済みの四話だけで起承転結を意識したワンエピソードに仕上げていたのは正解だろうな」

「はい。予想外のことがあり、少しプロットをいじった形になりましたが、最終的には正解だったと思います」

作品を評価される上で、エピソードとして一度オチをつけることが重要だと僕たちは知っていた。

もちろんそれはこれまでのベコノベの経験からである。初めて投稿した『転生ダンジョン奮闘記』においても、完結時に祝儀として多くの感想やポイントを頂くことができた。

そしてそれは書籍化が決まった『転生英雄放浪記』も同様の現象、つまり一章が終了した時点で多くのポイントを頂くことができている。

このことから、僕たちは一次選考の段階で作品の進行状態を中途半端にせず、ワンエピソードで区切った段階にしようと考えていた。

ただあくまで本来は、全十六話構成として八話目までは投稿し、その時点で一つの区切りを行う予定だったのである。それを変更した理由はただ一つ、予定外の人物の介入によるものであった。

「君のお父上ならば、結果を求めたからこそだと評価されることだろう。しかし蓮に一度作戦を潰されながら、見事に裏をとってみせたな」

「裏を取ったと言うか……今回に限って言えば、二位には意味がありません。善戦ではダメなんです。だから勝負せざるを得なかったというのが本音ですよ」

由那の漫画原作権を得ることができるのはたった一作。

もちろん他の入賞作にも賞金などが用意されているが、僕たちが必要な物はあくまで原作権のみであった。

「確かにそうだったな。なるほど二位以下では一次選考で落ちるのと同義だったというわけか。いずれにせよだ、勝負はここからだ」

「はい。そのためにも、早速手は打ちました。僕の……いえ、僕たちの第二の矢で必ず原作権を射止めてみせます」

後の先を取る僕たちの計画が潰されたあと、僕と優弥で話し合って考えた第二の作戦。それは既に結果が公表された今朝から開始していた。

「ほう、早速か。いや、むしろ今が最善だろうな。結果が公表され、普段以上に作品へと視線が集まるこのタイミングがな」

「はい、僕たちもそう思っています。何しろ、神楽先生がお手本を見せてくださいましたから」

津瀬先生の見解を受けて、僕は大きく頷くとともに、ニコッと微笑んでみせた。

もちろんその理由は一つ。

僕たちが開始したこの作戦が、あの人の戦略をそのモチーフとしているからである。

「応募開始と同時に、作品投稿を開始した例の件か。確かにプロが参戦するという公式のアナウンスと相まって、あいつは大きな話題性を作ることができた。お手本という意味では、確かに理想のものと言えるかもしれないね」

「ええ。以前に津瀬先生が教えてくださった、『作って半分、届けて半分』というあの言葉。それをまさに体現してみせた神楽先生は、まさしく一流のプロだと思います。ですが、それでも僕たちは負けるわけにはいきませんから」

たとえ相手が現役のプロであろうとも、僕たちは負けるわけにはいかない。

なぜならば、ベコノベは僕たちのホームグラウンドなのだから。

「ふむ、結構。実に良い覚悟だ。期待しているよ、昴くん。そして同時にだ、あの作者には十分注意しておきたまえ」

「あの作者……神楽先生ですか？」

僅かな違和感を覚えながら、僕はそう問いかける。

だが、津瀬先生の首はあっさりと左右に振られた。

「違う。もう一人の一次選考通過者、つまり私が以前にその存在を危惧していた人物だ」

「え、まさか……」

僕はその言葉を聞き、慌ててスマホを操作する。そして漫画原作部門の通過者名一覧の中ほどのところに、たった一文字のペンネームを使用する作者の名が記載されていた。

「そうだ、例の鴉が一次選考を通過している。現在、約一万ポイントを獲得し、ランキングの三位でな」

「一位の神楽先生と二千ポイント差ですか……」

鴉という作者の作品は、僕のと比べると確かにほぼ倍近いポイントを取ってはいる。

だがそれ以上に、この作者の作品とやっている事への疑念から、僕は一次選考を通過している事自体に驚きを隠せなかった。

「正直言って、この作品が通過するとは私も思ってなかった。要注意だとは、思っていたがね」

「……先生はどう思われますか？」

「そうだな、もちろん作品の質は主観も入るからおいておくにしても、感想欄で複垢の可能性が指摘され始めた時点で、おそらく弾かれると考えていた。最近は特に指摘するコメントが増えてきているからな」

その先生の言葉を受け、僕は鴉の書いている『転生王女はパティシエ志望～パンがあっても、ケーキを食べればいいじゃない～』という作品の感想欄を開く。

するとそこは、普通の作品の感想欄とは些か異なった光景が繰り広げられていた。

「確かに、かなり荒れていますね……でもこの状況を見る限り、編集部がたまたま気づいていなかったということでしょうか？」

「いや、彼らも商業活動を行っているわけだからな。流石にリスクには敏感なはずだ。少なくとも、作者ブログや感想欄程度は当然目を通しているだろう」

「となれば、それでも通過するに足る作品だと評価されたわけですか」

津瀬先生の説明を受けて、僕はいまいち納得がいかないもののそう考える。

納得がいかないのは津瀬先生も同様であったようで、苦い表情のままメガネを軽くずり上げると、ぶつぶつと独り言を口にした。

「そう考えるのが自然ではあるが、万が一、彼が……いや、彼らが協力して別の目的のためにこの原作コンテストを利用しているとしたら……」

「どうかされましたか？」

悩ましげな表情を浮かべる津瀬先生に対し、僕は率直にそう問いかける。

だが、津瀬先生は軽く首を左右に振ると、その表情に苦笑を浮かべてみせた。

「いや、まさかな。気にしないでくれ。ちょっと埒《らち》の明かない仮定が頭の中で浮かんだだけなのでね」

「はぁ……仮定ですか」

「まあ、君が気にすることではないさ。それよりも考えるべきは、首位である『女医令嬢の残念な恋』をどうやって抜き去るかだろうね」

その津瀬先生の言葉に、僕は僅かな違和感を覚えていた。

しかしながら、それが何によるものなのかがわからず、僕は目の前のことにだけ集中する覚悟を決める。

「……確かにその通りですね。もちろんやるからには中途半端はしません、いつも全力で結果を求めます」

「ふふ、黒木先生の言葉か。そうだね。余計な思惑が交じっていたとしても、そんなもの自らの力で突き破れば良い。だから残り三週間を精一杯頑張り給え、昴くん」

その先生の応援を受け、僕は第二の矢を放つこととなった。
そう、他の応募作の更新が停滞し始めたこのタイミングでの、文字通り連日更新を。

第二十三話
完全なる誤算!?　このまま順当に行けばギリギリ勝てると淡い幻想を抱いていた僕たちが、神楽先生がとったたったひとつの奇策により、一瞬で敗北濃厚な状況となってしまった件について一次選考が発表されてから早くも十一日が過ぎていた。

九月も後半となり、ようやくこの中庭にもほんの僅かに涼しさが戻り始めていた。

「よう、昴。ここにいたのか」

いつものように中庭のベンチで紙パックのコーヒーをすすっていた僕は、急に背後から聞き慣れた声を掛けられる。

「あれ？　優弥は今日、学食じゃなかったっけ？」

「並ぶのが面倒だからな。焼きそばパンだけ買ってきたんだよ。で、どうだ調子は？」

「うん、そうだね。ぼちぼちってところかな。最近は雨の日でも、この膝《ひざ》はそんなに痛まなくなってきててさ」

そう口にすると、僕は左膝を軽くポンと叩く。

一方、そんな僕の返答に対し、優弥は微妙な表情を浮かべた。

「いや、お前の膝の話じゃねえって。『フクつく』の方だよ」

「ああ、そっちの話ね」

僕は優弥の本題を理解すると、苦笑を浮かべる。

「だいたいさ、お前の膝は担当の医者におまかせだって」

「確かにね。ともかく、良い流れだよ。日間ランキングでもジャンル別なら上位三位以内をキープできてるし」

ベコノベ内の全作品を対象とした総合ランキングではなく、あくまでそれぞれのジャンル別における上位。

しかし、今回の漫画原作コンテストに参加している作品は、ほとんどが恋愛かファンタジージャンルに偏っており、他のSFやホラーなどのジャンルは少なめであった。

それ故に、恋愛ランキングにおける順位は、ほぼコンテストの順位と比例しており、現状においてほとんどの一次突破作品は既にジャンル別の日間ランキングからも脱落し始めている。

「やるなぁ。まあ俺が考えた更新戦略あってのものだろうが、服飾ものを選んだってのが、他のと差異を生んで良かったのかもしれねえな」

「そうだね。いずれにせよ、昨日も神楽先生と三百ポイント程、差を縮めることができていたからさ、このペースを維持できたら最終選考前日には追いつける計算かな」

「そして最終日に一気に抜き去る……か。へへ、完璧だな。むしろちょっとでき過ぎなくらいだ」

ポイント計算の締め切りとなる最終選考日から逆算した僕たちの予想。

そのあまりにうまくできた計画に、優弥は思わず苦笑を浮かべた。

「まあね。とはいえ、他の一次選考突破作品は、ほぼ全部完結か文字数制限に引っかかってるからさ。今現在、更新を続けてるのはほぼ僕一人って状況だからね」

「しかし欲を言えば、もう少しペースを上げたいところだな。一次選考終わった時点で、三日間は連日投稿してストックを消費しちまったから、仕方ねえけど」

ポイントはポイントを呼び、ランキングはランキングを呼ぶ。

つまり、一度ランキングを登り始めて人目につかないと、更に順位は上げにくい。だからそのための助走として一次選考終了直後に、他の更新停止中の作品を尻目に三日間連日で僕は作品を更新している。

結果としてストックは減らしたものの、それは今のランキングポジションを手に入れる大きな原動力となっていた。

「でも、もう読者さんも二日に一回の今のペースに慣れたと思うし、ポイントの加算も安定してきているから、下手に弄らないほうがいいかもね」

「まあそうだな。欲を言えばもう少し盛り上げたいとこだけど。あ、でも今週末の更新でライバルのイケメンを出すんだろ？　エミナを奪い合うシーンもあるし、いけるんじゃねえかな」

優弥の言う通り、今週末からいよいよ作品は佳境《かきょう》に入る。

デザイナーを任せたローラン・パッソ少年と、応募要項で指定されている美青年が、主人公であるエミナを奪い合うためにデザイン勝負を開始するのだ。

逆に言えば、ここでどこまでポイントを伸ばせるかが、今回のコンテストの結果を左右するのではないかと僕は考えていた。

「まあね。ともかく、優弥のおかげだよ。一次選考直後にダッシュを仕掛ける『後の先作戦Ⅱ』が、ここまでピタリとハマったからさ」

「へへ、持ち上げても何も出ねえぜ。ともあれ、本当に勝ちきるまでは油断禁物だ。そろそろ日間ランキングが更新された時間だし、一応確認しておけよ」

優弥は僅かに照れながら、僕に向かってそう告げる。

早朝、昼、夕方と一日三回更新されるベコノベの日間ランキングであるが、優弥の指摘通り、もう昼の分が更新されていても不思議ではない頃合いであった。

「そうだね。えっと……え……うそ」

手にしたスマホを出して、ランキング画面を目にした僕は、思わず言葉を失う。

一方、そんな僕の反応を目にして、優弥は怪訝そうな表情を浮かべると、焼きそばパンをかじるのをやめて、声をかけてきた。

「どうした？　一気に千ポイントぐらい入って予定が早くなりそうか？」

「それはない……かな。と言うか、僕のは朝と同じ恋愛ジャンル二位で六百ポイントのままだよ」

そう、そして漫画原作部門の応募作の中では、今回の更新でも日間では首位である。

ただ発生した問題は、僕の作品ではなかった。

「なんだ、全然順調じゃねえか。だったら何に驚くことがあるんだ？」

優弥は苦笑を浮かべながら、軽い口調でそう問いかけてくる。

僕はそんな彼に向かい、顔の前に手にしたスマホを突きつける。

そして震える声で、日間恋愛ランキングにおける僕の下に続く作品のことをその口にした。

「日間ランキングの僕の真下に、応募作品が二つ上がってきてるんだ。既にピークを過ぎて日間からは姿を消していたはずの『女医令嬢の残念な恋』と『転生王女はパティシエ志望』がさ……」

第二十四話

僕たちの過ち!? いつの間にかポイント至上主義となり、小説を書き始めた初心を忘れてしまっていた僕たちに向かって、文芸部の部長である後輩が真正面から叱ってくれた件について

放課後の文芸部室に辿り着くと、僕と優弥は脱力感のあまり、何もする気が起こらなかった。

それを見かねた二人の女性陣が、心配そうに次々と声を掛けてくる。

「どうしたの、あんたたち。なんか今にも世界が終わりそうって感じの、深刻そうな顔してさ」

「あの……先輩方、大丈夫ですか？　良かったら、今お茶でもお持ちしますね」

彼女たちそれぞれの気遣いの言葉。

それに対し、返答したのは向かいの席に腰掛けていた優弥だった。

「……計算をしくじったんだよ。完全にやられた」

「計算をしくじってやられた？　模試の数学が悪くて、E判定でも返ってきたの？」

優弥の言葉の意味がわからなかった由那は、軽く首を傾げながらそう問い返す。

すると、露骨に嫌そうな表情を浮かべながら、優弥は端的に僕らに突き付けられた問題を口にした。

「ちげぇよ！　ベコノベのポイントの話だ」

「え、でも昴の『フクつく』は順調なんじゃないの？　今朝見たけど、日間ランキングでも応募作の中で一番をキープしていたし、合計ポイントでも応募作の中で四位まで上がっていたんでしょ？」

ああ、たぶん彼女も昼までの僕同様に、今朝のランキングで安心していたのだろう。

優弥もそのことに気づいたのか、彼女に向かって更に説明を追加した。

「確かに順位は今もそうだ。ただしあくまで『フクつく』の順位に関する話はな」

「だったら良いじゃない。急に不人気な話を書いて、ランキングを落ちたわけじゃないってことでしょ」

「それはそうなんだけどさ、問題はそこじゃないんだ。このままだと届かなくてさ」

僕はようやく重い唇を動かすと、由那に向かってそう説明する。

途端、彼女の表情は険しいものとなった。

「届かない？　もしかして、あいつの女医ものに届かないってこと？」

「うん……このままだったらね……」

「最終選考まで残り十日。で、確かに今朝までは順調だったんだ。最終日前日に差し切れる計算でな」

僕の『フクつく』と神楽先生の『女医令嬢の残念な恋』とのポイントの差。

昨日の時点では、残り二千七百ポイントというところまで詰めることができていた。

しかし昼のランキング更新時点でも、それはほぼそのまま。つまり、依然としてその差は二千七百ポイントのままであった。

「何があったっていうの？　急にあんたたちの作品が不人気になったわけ？」

「さっきも言っただろ。『フクつく』は問題ねえんだよ。今も毎日五百ポイント近く稼げているんだ。ただ先日まで二百ポイント台で推移していたはずの神楽が、急に四百ポイント近く稼ぎやがった。改めてファンを外から呼び込むことでな」

そう、結局はそれが理由であった。

なぜ神楽先生の作品が再び伸びたのかわからなかった僕たちは、慌ててその理由を探った。そして彼のブログで一つの告知がなされていることに気づくこととなる。

「ファンを外から？　最初にもやっていたじゃない」

「違うんだよ。元々商業でやっていた作品の外伝をベコノベで書きだしたんだ。それで呼び込んできたファンが、『女医令嬢の残念な恋』を併せて読んでポイントつけている」

まさに優弥の言う通りだった。

僕たちが目にしたもの、それはかつて漫画原作を行っていた『クライシス』という作品のスピンオフを、ベコノベで短期連載するという告知であった。

そして慌ててベコノベ内の神楽先生の作品ページを確認すれば、確かに今朝から連載が開始していた。

「そんなことまで……でも、それって大丈夫なの？　漫画原作だし、作画家とか出版社とかの問題があるんじゃないの？」

「たぶんベコノベ運営まで含めて、予め許可を取っていたんだろう。このタイミングで話題を作るためにな」

「でもでも、ベコノベを見ている常連さんとか、あんまりいい気がしないんじゃないですか？」

二人の会話を耳にして、如月さんは読者視点からかそう尋ねてくる。

しかし、それに対する答えは既に出ていた。

「多少はあるかもしれないね。でも、神楽先生なんかとは比較にならないほど、明らかにルール違反をしている人がいるから」

「ルール違反？」

「ああ、現在神楽の次のポジションにいる作品。つまり鴉って作者の作品さ」

まさに優弥の言う通りであった。

様々な指摘を受けながらも、依然として複数アカウントの疑惑が途絶えぬ鴉の作品感想欄は、はっきりと今まで以上に荒れだしていた。

「結局最後まで、疑惑を晴らそうとするつもりはないみたいだね」

「一切感想に対する返信もせず、作者ブログでも弁解さえしない……か。と言うか、今もあいつは複垢を作るのをやめてやがらねえみたいだからな」

「みたいだね。ポイント的には、ジリジリと神楽先生に近づいているし……下手をしたら、今週中に首位が入れ替わりかねなかったから」

それほどに、最終選考を前にして上位二作品の差は縮まりつつあった。

そしてその事自体は、優弥によると既にベコノベ関連の呟きサイトや、様々なネット掲示板などで話題となっているらしい。

「まあそれを踏まえると、仮に首位争いをしているどちらを押したいかと言えば、鼻にはつくけどたとえ俺でさえ神楽って答えるだろうからな」

「鴉って作者に比べれば、遥かにあいつの方がマシってわけね」

「だな。実際に一部では、汚い鴉に負けないようにって、ベコノベ住民で応援を始めている連中もいるみたいだ。少なくともあいつは、ずっとルールの中で戦ってるからな」

由那の言葉に頷きながら、優弥は現在のベコノベ内の空気を僕たちに説明する。

一方、僕はそんな上位争いの話を聞きながらも、頭の中は自分のことでいっぱいであった。

「ともかく僕たちだよ。このままじゃ、あの二人に勝てない。ポイントをもっと効率よく稼がないと」

「でもストックがないんだぜ。残りこれ以上作品を書いても文字数制限をオーバーして失格になるだけだ。残り五話となった今、ポイントを稼ぐために打てる手と言ってもな……」

僕たちに残されたのは五話、一万五千文字。

その中で、使える策を僕と優弥はその場で考えこむ。

「残った五話を分割していって、全部で十話にするとか……いや、それじゃあ、流石に話がぶつ切りになるよね」

「ああ、それはダメだ。急にやり方を変えたら、既にポイントを付けてくれている読者が、評価を下げたり、お気に入りを外したりし兼ねない……となればだ、打てる手と言えばクロスオーバーぐらいか」

優弥が突然口にした聞き慣れぬその単語。

それを僕はそのまま聞き返す。

「クロスオーバー？」

「ああ、『放浪記』と『フクつく』をクロスオーバーさせるんだよ。つまり相互にキャラやストーリーを交流させるわけだ」

なるほど、確かにそうすれば放浪記を読んでくれているファンが、フクつくに興味を抱いてポイントを付けてくれるかもしれない。

だけど、僕はすぐにその問題点に気づいた。

「ダメだよ、優弥。それはできない」

「私もそう思う。だって放浪記はシースター社で出版が決まっているんでしょ？　今回は士洋社のコンテストなんだから不義理ってやつよ」

由那の言う通りである。

シースター社から発売が決まっている作品を、勝手に別出版社が企画したコンテストに使うのは、様々な問題が生じる可能性がある。

言うなれば同じ学校に通っているからと言って、プロのユースチームに通っている人間を、高校サッカー部の大会に勝手に出場させるようなものだ。

「優弥、それに万が一、出版社の許可がもらえるとしてもさ、多分時間がかかると思うんだ。少なくとも残り十日しかないのに、それを待っている時間はないよ」

「くそ、確かにな。他に何かねえか、今からポイントを稼ぐための――」

「あの……ちょっといいですか」

その声は沈黙を保っていた如月さんのものだった。

由那は軽く首を傾げると、彼女に向かって先を促す。

「何かしら？」

「先輩たち、なんかおかしいと思います」

彼女はそう告げると、決意を秘めたような眼差しを僕らへと向ける。

一方、僕は初めて目にするそんな彼女の表情に、思わず戸惑いを隠せなかった。

「えっと、どういうことかな」

「先輩は小説が好きだから、ベコノベに投稿されているんですよね。でも、特に今日はそう思ったんですけど、なんか先輩たちはずっとポイントばかり気にしていて……先輩の作品の読者まで、まるでポイントをくれる人としか見ていない気がするんです。その……物書きなんだったら、もっと自分の小説を、そして先輩のファンを大事にすべきじゃないんですか」

その如月さんの言葉。

それが部室内に響き渡った瞬間、部屋の中は一瞬で沈黙に包まれた。

そう、誰も何も言い返すことができなかったが故に。

「あ……いえ……すみません、生意気なことを――」

「違う、そうだよ。君の言う通りだ」

「昴……」

溜め息とともに僕の言葉が発せられた瞬間、由那は気遣うような声を僕へと向けてくれる。

そんな彼女の気遣いに感謝しながら、僕は如月さんに向かって感謝を口にした。

「ありがとう、如月さん。ちょっと背伸びをし過ぎて、僕はスタート地点を見失っていたかもしれない」

「僕はじゃないさ、僕たちは……だろ」

その声は僕の向かいの席から発せられた。

だから僕は、反射的に彼の名を口にする。

「優弥」

「確かに愛ちゃんの言っていることは正しい。目先のポイントに一喜一憂しすぎて、足元を見失っていたかもしれねえな」

「そうね。私も共犯ね。だからありがとう、愛ちゃん。さすが私たちの部長さんね！」

優弥に続く形で、由那も如月さんに向かい感謝を口にする。

そうして、上級生たちからこぞって感謝を告げられた如月さんは、途端に顔を真っ赤に染めると、どうして良いかわからずうつむいてしまった。

「あの……その……私」

「感謝の代わりに、今度とっても素敵な服をあげるから。だから気にしないで」

「音原、それってお前の趣味を押し付けるだけ……いや、なんでもないけどさ」

由那に空気を読めと言わんばかりの視線を向けられ、優弥はそこで押し黙る。

一方、そんなタイミングで、不意に一つの考えが僕の脳裏を横切った。

「僕のファンを大事に……か。待って、もしかして！」

僕はそう口にするなり、かばんからスマホを取り出すと、慌ただしく操作を行う。

そんな突然の僕の行動を目にして、優弥は声をかけてきた。

「どうしたんだ昴。何か思いついたことでもあるのか？」

「うん。ちょっと確認したいことがあって……ああ、やっぱりそうなんだ」

表示させたスマホの画面を目にした瞬間、僕は自分の中で作り上げた仮説が正しかったことを理解した。

そんな僕に向かい、由那は眉間にしわを寄せながらその理由を尋ねてくる。

「昴、何を調べているの？」

「投稿日ごとの作品アクセス数だよ」

僕は日別のアクセス解析画面を目にしながら、はっきりとした声でそう告げる。

途端、優弥の瞳に理解の色が灯ると、彼は納得したように大きく頷いた。

「……そうか。お前自身についている読者か！」

「うん。やっぱりリンクしているよ。週二回投稿している日と一致して、『フクつく』も伸びてる」

「ねえ、何の話をしているの？　一致しているってどういうこと？」

僕と優弥の話から置き去りにされたと感じたのか、由那はやや慌てた口調でそう問いかけてくる。

それに対し僕は、はっきりと自分の出した結論を口にした。

「えっと、もう一つの作品の更新日には、明らかに『フクつく』の作品アクセスも増えているんだ。これってつまり、僕のファンの人が後押ししてくれている証拠だよね」

「だな。つまりお前の作品なら、別のも読んでみようかって思ってくれていることの表れってわけだ」

「ありがたいことに、たぶんそうだと思う。だから僕は、僕についてくれているファンの方のために、頑張ろうと思うんだ。そうすれば結果的に、ポイントも後で付いてくるはずだからさ」

それは僕の所信《しょしん》表明。

たった今、僕はあの時のような覚悟をもって、作品に取り組むという決意を定めた。

すると、僕と優弥の会話を耳にしていた由那は、何かに気づいたようにハッとした表情となる。

「そういうわけね。つまり『フクつく』以外の投稿に力を入れるってことよね」

「うん。実際、神楽先生は商業での読者の方に、ファンサービスをしながら戦う方法をとった。だから僕は、ベコノベの自分についてくれている読者さんに喜んでもらいながら、神楽先生と戦おうと思うんだ」

胸の前で右拳を強く握りしめながら、僕ははっきりとそう宣言する。

それを目にして、如月さんが心配そうな視線を僕へと向けてきた。

「自分の読者さんに喜んでもらいながら……ですか？」

「そう。確かに『フクつく』は制限があるからこれ以上更新できない。でも僕には、毎日更新することで、読者さんに喜んでもらえる作品がある。そして結果的に、その作品を更新した日には、『フクつく』のアクセスも明らかに伸びているんだ」

「先輩、それってもしかして」

如月さんは僕が何に関して言っているのかを理解したのか、大きく目を見開く。

僕はそんな彼女に向かって大きく首を縦に振ると、自らの決意を口にした。

「『フクつく』にはもちろん最善を尽くす。そして同時に僕は『放浪記』にも最善を尽くしてみるよ。それが僕にできる、最善で精一杯だと思うからさ」

書籍化を目指し走り続けていたあの日のように、僕はこの日から連日更新を開始した。

そう、『フクつく』ではなくもう一つの僕の作品、『転生英雄放浪記』を。

第二十五話

みんなの思いを無駄にするな！？　僕が小説を書くことを後押ししてくれたみんなの思いを胸に秘め、作品を待ってくれている人たちのために、再びまっすぐに前に向かって走りだした件について

文芸部での仲間に囲まれたひととき。

それは僕にとって心の支えになりつつあった。

元々チームスポーツをしていた僕にとって、言うなれば創作活動は個人スポーツ。

これまでそう感じる瞬間は少なかったけど、それは優弥と由那がいてくれたからなんだと思う。

それでも文芸部に入って、みんなと同じ空間で過ごす時間が増えると、こうやって一人で書いている時に改めて強く実感する。

彼らがいてくれて良かったと。

優弥は受験勉強の息抜きだと言って、今日もベコノベのランキングと睨めっこを続けていた。

個人的にはもう少し勉強を頑張って欲しいところだけど、彼がいなければ今の自分がないことは僕が一番よく知っている。だから彼には感謝の言葉しかなかった。

さすがに直接告げるのはお互い恥ずかしいから、こうして胸の中で言っておこうと思う。

優弥、ありがとう。君がいてくれて良かったと。

また如月さんに関しては、先日のことで最近少しだけ気に病《や》んでいる様子があった。

でも、僕が放浪記を連日更新し始めると、部室で会うたびに感想を教えてくれて、そして気を遣ってかいつもお茶を出してくれていた。そんな彼女がいなければ、たぶん僕は『アリオンズライフ』に触れたあの時の思いを、忘れかけていたと思う。

僕の中にあった小説を書きたいという思いが、いつの間にかポイントを取りたいにすり替わってしまっていた事実。

もちろん今でもポイントはもっと取りたいと思う。でもそれは、より多くの人に作品を読んでもらうため。

ランキングが上がれば、よりたくさんの人に作品を手にとってもらえるから、そして書籍としてさらに多くの人に僕の中の世界を伝えられるから、僕は小説のプロを目指し書き始めたはずだ。

そんな初心を彼女は思い出させてくれた。

最近は私が一番の読者ですと公言して、優弥や由那に揶揄されたり複雑な視線を向けられたりしているけど、でも彼女に出会うことができて、そして文芸部に入らせてもらって本当に良かった。

そして最後に由那。

この『フクつく』を書き始めてから作品作りに詰まるたびに、彼女のデザインしたキャラクターたちに何度も助けられてきた。

もしかして他の作者もそうかもしれないけど、彼女のイラストがあるからこそ、この物語のキャラクターたちはイキイキと強く躍動《やくどう》している。

イラストの力。そして由那の力。

それを僕は書き進める中で何度も感じていた。

そしてついさっき、彼女から僕へと届けられた一通のメール。

そこには短い文章に、一枚のイラストが添付されていた。

添えられていたのは一人の少年のイラスト。

初めて目にするキャラクターだったけど、僕には一目でそれが誰なのかわかった。

『フクつく』の主人公であるエミナのパートナー役、ローラン・パッソである。

彼は応募要項に存在した指定キャラクターではない。僕がこの物語のために作り上げたキャラクターだ。

だから彼女が僕の物語を読んでイラストを作り上げるまで、この世の中にパッソの姿は存在しなかった。

でも今、彼は確実に僕の目の前に存在する。

ほんの少しだけ恥ずかしがり屋だけど、デザインとエミナが好きでまっすぐ前を向いて走り続ける少年。

彼女のイラストを通じて、その姿がありありと僕の脳裏の中に浮かび上がっていた。

そして膨らんだ僕のイメージは、キーボードを叩く手を勢いづかせる。

「パッソを描くのをこれで最後にさせないでね」

それが彼女のメールにあった文面。僕はそんな彼女の思いを、そして好意を裏切らないために、もう決して立ち止まらない。

たとえ先頭を行く神楽先生がどんな勢いで走ろうと、そして二位である鴉がどんな手段を選ぼうと。

彼らは彼ら。僕は僕。

そう、意識すべきは彼らじゃない。意識すべきなのは僕の背を押してくれる人たちと、そして僕の作品を読んでくれる読者さんたちだけだ。

だから僕は物語にだけ集中して、キーボードを叩き続ける。

少しでも良い作品を書くために。

そして待ってくれている人へと、少しでも早く僕の作品を届けるために。

第二十六話

コンテスト結果発表!?　様々な思惑が入り乱れた最終選考の当日、コンテストにおいては予想外の出来事が起こったものの、僕が求めていた歓喜を手に入れることができた件について

「結果はどうなの？」

「落ち着けって。さっき更新ボタンを押したばかりだろうが」

由那の急《せ》かす声に対し、優弥は苦笑交じりにそう告げる。

十月の第二月曜日、それはコンテストの最終選考の発表日であった。

今日の夕方のランキング更新。

コンテストの優勝者が決まるその発表を皆で迎えようと、僕たちは第二文芸部室、つまり由那の部屋へと集まっていた。

「でも、もうランキングが更新される時間よ。いいからそこを家主に空けなさい」

「やだって。だいたいここは第二文芸部室だ。つまり皆が平等に使う権利がある」

部屋の家主である由那に向かい、優弥はまったくノートパソコンの前を譲る素振りを見せず、それどころか堂々と権利を主張した。

「第二文芸部室？　そんなの、私は同意した覚えはないわ」

「そうだったか？　まあいずれにしろ、ちょっと落ち着けって。どうせここを代わったら、お前更新ボタンを連打するつもりだろ。ベコノベサーバーに迷惑だから、そこでおとなしくしてろって」

先程からせわしなく更新ボタンを連打する由那を見かねて、優弥は彼女が席を外したタイミングでこの席を奪いとっていた。

一方、普段の学校での佇《たたず》まいとは完全に異なり、冷静さのかけらもない由那は、優弥を力ずくでどかしにかかる。

「ちょっとだけよ、ちょっとだけならいいじゃない」

「ちょっとだけって言いながら、マウスを奪い取ろうとするのはやめろ」

隙を突く形でマウスに手を伸ばしかけた由那を、優弥はどうにかブロックする。

僕はソファーに腰掛けながら、そんな二人のやり取りを苦笑交じりに眺めていた。

「はは、二人ともなかよしだね」

「お前のランキングだろうが！」

「そうよ、なんであんたが一番のんびりしてるのよ」

僕の声に反発するかのように、二人の口からそれぞれ非難の言葉が発せられる。

僕はそんな二人の言葉を受けて、鼻の頭を掻きながらその視線をソファーの隣の席の女性へと向けた。

「いや、一応気にしてはいるよ。彼女と違ってさ」

「愛ちゃんはいいのよ、今すごく忙しいみたいだし」

僕が如月さんへと視線を移すなり、由那は間髪容れず擁護の声を発する。

すると、その理由をすぐに察した優弥は、呆れた表情で彼女へと声を向けた。

「お前、ローズムーン読んでるから邪魔したくないだけだろ。そんなにいたいけな後輩を沼に沈めたいのか？」

「沼とは何よ、沼とは。ローズムーンに触れることはむしろ天国を知ることよ。幸せを後輩におすそ分けしようとするのを邪魔するなんて、きっとあなたは悪の使徒《しと》ね」

「なんだよ、悪の使徒って」

向けられた言葉の意味がわからなかったのか、優弥は眉間にしわを寄せる。

僕はそんな彼に向かい、由那に代わって解説を口にした。

「ローズムーンの敵のことだよ。ほら、こないだ由那に借りたときに、作中に出てきたでしょ」

「そう言えばいたな、そんな奴も……って言うか、物事を何でもローズムーン基準にするのはやめろって」

漫画の内容を思い出したのか、優弥はしぶしぶ頷きつつ、由那に向かって苦言を呈する。

しかし由那は、そんな彼の発言に、不満そうな表情を浮かべる。

「なんでよ。すっごくわかりやすいじゃないの」

「わかんねえよ。普通は」

「だってローズムーンはまさに人生なのよ。むしろ喩えを使ってもらったことに感謝して欲しいところね」

「うわぁ……マジかよ」

由那の痛い言動を耳にして、優弥はドン引き気味に頬を引きつらせる。

すると、そんな彼の反応に不満を覚えたのか、由那は強引にマウスを奪いにかかった。

「ともかく貸しなさい。文化のわからない石器人に、それは不要なものよ！」

「待てって、今俺がアクセスしようとしてるんだから……って、おい」

そんなお互いに譲るという言葉を知らぬ奪い合い。

その結果、アクセスしていたはずのウェブサイトのランキングは一番下の部分にまで、画面がスクロールしてしまった。

「はぁ……二人とも喧嘩《けんか》はやめなよ。間を取って僕が操作するからさ」

「ん……まあ仕方ないか」

「わかったわ」

二人は睨み合いながらパソコンの前から一歩引き、代わりに僕がノートパソコンの前に座る。

ブラウザは相変わらず、ページの一番下を示していた。

僕はマウスを手に取ると、ゆっくりと画面を上に向かいスクロールしていく。

「それじゃあ、見ていくよ」

発表されたコンテストのランキングを逆から見ていく形。

そして最初に掲載されていたのは、佳作扱いとなる五位の作品だった。

「五位から発表か……確かに六位以下は賞金もないし、発表しても意味ないからな」

優弥はそう口にすると、僕に向かって早く次を見せろと促してくる。

背中を押された僕は、そのまま四位の作品を表示した。

「おお、『お転婆令嬢の探偵日記』がランクインしてるじゃねえか。ミステリーからの応募は少なかったし、一次選考の時は俺たちの後ろだったのにやるな」

一次選考作品中、最下位だったはずのミステリー作品。

その名前を四位に見つけた途端、優弥は驚きの声を上げた。

「たぶん、解決編で一気に票を集めたんだろうね」

「そうか、その手があったか！　まさかこんなところで、どんでん返しが起きてるとはな」

優弥は感心したような口ぶりでそう口にすると、何度も首を縦に振る。

「勝負は終わってみるまでわからないってことね。ともかく、次に行きましょ次に」

「うんそうだね。えっと……あれ？」

「消えていますね」

ようやく部屋の隅で読んでいた本に一段落ついたのか、如月さんは画面を覗き込んでくると、思わずそうこぼす。

確かにそこには、『このユーザーの作品は規約違反のため、運営により削除されました』との記載が存在した。

「このランキングの位置……たぶん鴉のやつだな。ようやく複数アカウントで運営に削除されたわけだ」

「ズルだけで私の原作権を掻《か》っ攫《さら》おうなんて、百年早いのよ」

優弥と由那は画面を見るなり、立て続けにそう口にする。

僕はなんとも言えない気分となりながら、更にページを上にスクロールしていった。

そしてそこには何度も目にすることになった、あの作品名が記されていた。

「おい、『女医令嬢の残念な恋』が二位だぜ！　ってことは……」

「昴！」

二人の声に後押しされて、僕はページの一番上まで画面をスクロールさせる。

するとそこには一つの作品の名前が大賞の欄に記載されていた。

そう、『悪役令嬢に転生したけど、気に入ったデザインの服がなかったので、自分で作ることにしました。』という僕の作品タイトルが。

第二十七話

コンテスト優勝!? コンテストで優勝することができ、由那の漫画原作を担当することが確定的となったと思った矢先に、突然編集長から呼び出しの電話がかかってきた件について

「やったな、相棒《あいぼう》」

「おめでとう、昴」

「おめでとうございます、先輩」

次々と発せられる祝いの言葉。

漫画原作部門の結果が判明した瞬間、優弥は買い出しに向かい、由那は苦手な料理を開始し、そして如月さんはいつものようにみんなに振る舞うお茶の準備を始めた。

そうして突然始まった祝勝会。

その中心に座らされた僕は、嬉しいというよりもややホッとした心境で、感謝の言葉を口にした。

「ありがとう、みんな。ちょっとだけ肩の荷が下りたよ」

それは僕の本音だった。

これがもし、小説部門の大賞ならば遥かに喜びが優《まさ》っていたと思う。でも、今回は目の前の少女の原作権がかかっていた。

「はは、なんだかんだ言って結構気にしていたのな」

「そうそう、私たちが何度も何度もベコノベにアクセスしていた中、まるで我関せずって風を装っていたのに」

「まったくまったく……待て、いま私たちって言ったな。俺は何度もアクセスはしてねえぞ」

「細かいことを気にする男ね。だから模試の結果が伸びないのよ」

「それとこれは関係ないだろ！」

由那の発言に眉を吊り上げた優弥は、すぐさま反論を口にする。

いつにもまして、威勢のよい二人のやり取り。

そんな彼らへと視線を向けていた僕は、突然シャツの裾が引っ張られる感覚を覚えた。

「先輩、改めて本当におめでとうございます。それと……本当にいろいろありがとうございました」

「はは、頭を上げてよ如月さん」

「いえ、本当に感謝しているんです。先輩がいてくれたおかげで、たった一人だった文芸部が、こんな素敵な部になりました。あの時、図書館で先輩に会えなかったらと思うと、私、私……」

「違うんだよ、如月さん」

感極まってか、俯《うつむ》いてしまった彼女を目の当たりにして、僕は彼女の頭にそっと手を置く。

途端、びっくりしたように彼女はその視線を上げた。

「え……先輩、その……」

「本来お礼を言うのは僕のほうさ。なぜ小説を書き始めたのか、そして何のために小説を書いているのか。決してポイントのためなんかじゃなかったはずなんだ。でもいつの間にか手段と目的が入れ替わってしまっていた。君が指摘してくれなかったら、今もそのままだったはずさ。だからありがとう如月部長」

そう告げると、僕は彼女に向かって頭を下げる。

すると、如月さんはアワアワとした表情を浮かべながら、その場に固まってしまった。

「いや、その、私はただ思ったことをそのまま言っただけで、そんな大したことは——」

「楽しそうね、昴」

突然、如月さんとは逆方向のシャツの裾が引っ張られると、聞き覚えのある冷たい声が発せられる。

僕はゆっくりと視線を移すと、そこに頬を引きつらせた由那の姿があった。

「何だ、修羅場《しゅらば》か。いいぞ昴、もっとやれ」

「あんたは黙ってなさい！」

僕たちに向かって、からかい半分の声を上げた優弥は、ピシャリと由那によって叱《しか》りつけられる。

そうして一瞬部屋の中が静まり返ったタイミングで、僕は由那に向けて口を開いた。

「ありがとう、由那。君にも本当に感謝している」

僕は彼女をその視界に収め、深々と頭を下げる。

その行為をどう受け取ったのか、由那は先程までの不満げな表情を一変させると、僕に向かって慌てて声を掛けてきた。

「え、いや、どうしたの昴。私、そんな怒ってないから」

「違うよ、本当に感謝しているんだ。君が描いてくれたキャラクターたち。特にパッソのイラストは、間違いなく僕の背中を押してくれたんだ。そして強く思ったんだよ、このキャラを絶対世に出さないとって」

「……そう。うん、その……あの……」

彼女は言葉にならない事を何度も口にしながら、シャツの裾を引っ張りつつモジモジし始める。

そんな彼女を目にして、僕は軽く首を傾げた。

すると優弥が、由那にわからぬよう彼女の背後に回り込みながら、彼女の頭のほんの僅か上で手のひらを何度も動かす。まるで僕にその行為を行えと促すように。

僕はその意図を理解して、そっと彼女の頭の上へと手を伸ばしかける。

しかしそのタイミングで、突然アニメ版のローズムーンの主題歌が部屋の中に鳴り響いた。

「あ、私のみたい……ごめん」

顔を真っ赤にしながら、由那はその場から立ち上がると、充電器のそばにおいていた自分のスマホを手にする。

「はい、音原です……あ、お疲れ様です。はい、はい、私の方でも確認しました。え、彼ですか？　ちょうど一緒にいますけど……わかりました。伝えておきます」

「何の電話だ、音原？」

電話を終えた由那に向かい、優弥は眉間にしわを寄せながらそう問いかける。

一方、由那はなんとも言えないといった表情を浮かべながら、電話の主のことをその口にした。

「その……編集長から」

「編集長？　じゃあ、士洋社の？」

僕は確認するようにそう問いかける。

すると、由那は小さく頷くとともに、困惑した口ぶりでその内容を口にした。

「ええ。今週末の土曜日、編集部に二人で来て欲しいって話だったの……その……神楽先生の事も含め、その際に今後の方針を伝えるからって」

第二十八話

良すぎる引き際!? 正式に由那の漫画原作を担当することになった僕に対し、湯島さんは噛み付いてきたが、神楽先生があまりにあっさりと結果を受け入れ、なぜか違和感を覚えた件について士洋社の本社ビル。

業界でも老舗に位置づけられる総合出版社であり、その自社ビルの四階に『月刊クラリス』の編集部は存在した。

「昴、初めてじゃないんだから、あまりキョロキョロしないでよ」

「いや、うん、わかってるんだけどね。どうも落ち着かないって言うかさ」

僕は苦笑を浮かべながらも、思わず改めて周りを見回してしまう。

土曜日にもかかわらず、多くの人々が行き交うロビー。その服装は一般的な社会人のイメージと異なり、比較的ラフな格好の人が多かった。

「ともかく、約束の時間ギリギリだから急ぐわよ」

「ぎりぎりになったのは由那が電車を間違え……いや、なんでもないよ、うん」

事実を口にしようとした僕は、前を行く金髪の女子によってキッと睨みつけられる。そして彼女によって右腕を摑まれると、そのまま引きずられるような形で、エレベーターの前へと連れてこられた。

「確か四階だったよね」

「そう、と言っても私も三回しか来たことないんだけどね。もっとも、どこかの誰かみたいにお上りさんのような真似はしないけど」

彼女はジロリと僕を睨みながら、エレベーターのボタンを押す。

すると間もなく、エレベーターが地下から上がってきて、僕らの階へと到着した。

「ちっ、君たちか」

エレベーターの扉が開くなり、内側から発せられた声。

僕らは慌てて視線を向けると、あの痩《や》せ気味の長身男性がエレベーターの中に存在した。

「……どうもご無沙汰しています、湯島さん」

僕はペコリと頭を下げながら、由那ともどもエレベーターの中へと足を踏み入れる。

既に四階を表すボタンは押されていたため、そのまま扉は閉まっていった。

そしてエレベーターが動き出したタイミングで、湯島さんの視線が僕へと向けられる。

「悪いことは言わない、辞退し給え」

前置きも何もないいきなりの勧告。

それを耳にして、僕より早く反発したのは由那であった。

「何を言っているんですか、湯島さん。昴が勝ったんですよ」

「君たちのホームグラウンドであるベコノベだったにもかかわらず、ほんの僅かの差でな」

湯島さんは顔色一つ変えることなく、淡々とした口調でそう口にする。

それに対し由那は、首を左右に振って反論を重ねた。

「たとえ僅差だろうが、勝ちは勝ちです」

「果たしてそうかな？　まああの場に限局した勝利という意味では、君の言う通りだろう。だが逆に言えば、彼のホームグラウンドで差がつかない程度の原作が、市場でどうなると思う？」

その湯島さんの言葉が紡がれきったタイミングで、エレベーターの扉が開く。だが由那は、ここで議論を終わらせぬとばかりに、開くのボタンを押し続けた。

「そんなこと、コンテストの応募要項には書いてありませんでした。市場で売れる作品に限るなんて、一言もです！」

「企業が行っているコンテストだよ。会社の収益のために行われるのは当然のことだろう。その程度のことを読みとれないとは、まだまだ君たちは子供だということだ」

軽く肩をすくめて見せながら、湯島さんは由那に向かいそう告げる。

途端、彼女のこめかみがピクリと動いた。

「子供……ですか。でも、それを言うなら一度出た結果を──」

「はいはい、そこまでやでお二人さん」

由那の言葉を遮るような形で発せられた声。

それは僕たちの背後、つまり開けっ放しとなっていたエレベーターの前から発せられた。

「副編集長」

慌てて声の主へと視線を向けた僕は、そこに以前お会いした恰幅の良い中年男性の姿を見る。

　すると彼は、やや薄くなり始めた髪を軽く撫でつけながら、苦笑交じりにその口を開いた。

「うちの会社はほら、超がつく大手はんとはちゃうからね。エレベーターも二台しかないんやし、議論するんやったら別の場所でしてくれへんかなぁ」

「すみません」

　言葉の刃《やいば》はお互いに鞘《さや》へと収めながらも、依然として睨み合いを続ける二人に代わり、僕が三崎さんへと頭を下げる。

　途端、彼の口からは軽い笑い声が上がった。

「はは、君は今日まではお客さんやから、別にかまへんのやけどね。と言うか、主に僕が言うとるんは、うちの社員である湯島くんにや」

「……失礼しました、副編集長」

　湯島さんはようやく由那から視線を外すと、三崎さんへと頭を下げる。

　そして僕が先頭となる形で、エレベーターから四階のフロアへとその身を移すと、三崎さんは満足そうに二度頷いた。

「うんうん、わかってくれたらええんや。しかし湯島くん、ちょっと最近の君は神楽くんに肩入れし過ぎちゃう？　さっきの話やないけど、仮に神楽くんに原作権を上げたら、売上以前に賞を主催したうちの会社のイメージはガタガタやで。確かに彼の兄ちゃんが、君の命と――」

「副編集長！」

三崎さんが何かを言いかけたところで、いつもやや斜に構えた様子を見せていた湯島さんが突然怒声を発する。

その声は編集部内に響き渡り、何人かの人たちが怪訝そうな表情を浮かべながら僕たちの様子を覗き込んできた。

一瞬で醸成《じょうせい》された異様な空気。

それを破ってみせたのは、突然フロアの奥から発せられた、澄んだ男性の声であった。

「湯島さんどうしたんですか、大きな声なんか出して。カリカリしてもいい作品なんて作れませんよ」

「神楽……先生」

彼の姿を目にした湯島さんは、先程までの怒気を消し去ると、すぐにまたいつものような冷静さを取り戻す。

それを目にして、神楽先生は一つ頷くとゆっくりとその口を開いた。

「湯島さん。ちょうど今、編集長と話してきたところでして、僕の原作は別の作画家さんと進めることで最終決定しました。ですので、これから打ち合わせの時間はありますか？」

「もちろん大丈夫です……はい」

神楽先生の言葉を受け、湯島さんは小さく息を吐き出したあと、ゆっくりと一つ頷く。

その反応を目にして、神楽先生はニコリと微笑んでみせた。

「良かった。それじゃあ、早速行きましょう。そうそう、音原先生。今回は約束を果たせなかったから、例の件は見送らせてもらうよ。もっとも、まだ君のことを諦めたわけではないけどね」

「いえ、結構です。勝ち負けに関係なく、元々お話をお受けするつもりはありませんでしたし、これからもそれは同じですから」

神楽先生に対して、由那は冷たい口調で、あっさりと拒絶を伝える。

それを受けて、神楽先生は軽く苦笑を浮かべた。

「つれないなぁ。まあ、それはそれでやりがいがあるってものだ。そして黒木くん。今回はお疲れ様、そして受賞おめでとう、君の作品は実に素晴らしかったよ。というわけで、今度時間のあるときに、君とはまた一度話でもしよう。それじゃあ、失礼するよ」

そう口にすると、神楽先生は湯島さんを連れてさっそうと立ち去っていく。

「なんか負けた人間の素振りとは思えないわね」

「その辺りがプロってことなんでしょう。いけ好かないやつだけど」

由那の言葉に頷きながらも、僕はこの時一つの違和感を覚えていた。由那のことに関しても、またコンテストの結果に関しても、あまりにもその引き際が良すぎた事に。

そうして、そのことを口にすべきか迷っていると、三崎さんが突然僕たちの肩を叩いてきた。

「ごめんな君ら。彼が目にかけとった作家が規約違反で消えた上に、神楽くんも君らに負けた。さらに僕が地雷を踏んでもうたから、不機嫌になるんもしかたないわなあ。正直、変なとこ見せてもうておっちゃんは申し訳なかったわ」

「いえ、その……僕たちは別に」

ただの傍観者以外の何物でもなかった事実から、僕は思わず言葉を濁す。

すると、そんな僕の心境に思いが至ったのか、三崎さんは軽く髪を撫でつけた。

「そうか、なら、編集長んとこいこか」

そう口にするなり、三崎さんは僕らの前に立って、ゆっくりとフロアの奥に向かって歩み出す。

一方、僕には二つの疑問があった。

もちろん一つは三崎さんが言う地雷のこと。だけど、それはどうにも部外者が触れていいものとは思えなかった。

だからこそ、もう一つの疑問をその背に向かって投げかける。

「あの、さっき言われていた規約違反って、もしかして鴉のことですか？」

「そやそや、なんや知っとたんかいな」

前をゆっくりと歩きながら、三崎さんは背中越しにそう口にする。

「いえ、コンテスト終了直前に、運営に削除されていましたのでそれで気づきまして」

「ああ、それなあ。あれ、湯島くんがベコノベの運営にゆうたんや。違反しとる可能性があるから言うてな。もっとも先方も下調べは済んどって、消すんはタイミングの問題だけやったみたいやけどね」

「そうなんですか」

やはり他の参加者や読者の声が届いてはいたのだろう。

その三崎さんの返答を聞いた僕は、納得だとばかりに一人頷く。

「そやで。設定には見どころがある。そう言うて、湯島くんが一次で押しとったからなあ、その分だけ失望も大きかったんやろ。まあ確かに文章力には難があるけど、政治や社会風刺を異世界エンタメに落としこむあの世界観づくりは、ほんま神楽くん並のできやったからなぁ」

「神楽先生並の世界観……ですか」

三崎さんの言葉に、僕は僅かな引っ掛かりを覚えていた。

しかし、その理由を頭の中で模索し始めるよりも早く、三崎さんは全く異なることを突然僕たちに向かって口にする。

「まあ君ら、後ろを振り返ってもしょうないし、これからのことを担当の僕と一緒に考えようや」

急に告げられた思いもかけぬ言葉。

それを耳にした由那は、目を大きく見開く。

「え、でも私の担当は……」

「湯島くんは神楽くんの新作を受け持つことになったんや。さっき編集長と話して決めたとこでね。やから君らは、僕が代わりに担当するゆう話になったんよ」

「えっと……よ、よろしくお願いいたします。副編集長」

僕は慌てて、三崎さんに向かって頭を下げる。

すると、彼は苦笑を浮かべながら、二度首を左右に振った。

「はは、担当になったから、役職で呼ばんとって。三崎ちゃんでも、純《じゅん》ちゃんでも好きに呼んでくれたらええから」

「いや、ちゃん付けはちょっと……ともかく、三崎さん、これからよろしくお願いいたします」

「おう、まかしとき。って言うても、君の今回の原作、めっさおもろいからな、それをそのまま生かしてくれたら、おっちゃんすることなしや。まあ頑張りや」

そう口にすると、三崎さんはバンバンと僕らの背中を叩いてくる。

由那はやや困惑げな表情を浮かべながらも、改めて感謝の言葉を口にした。

「三崎……さん。本当にありがとうございます」

「やから、おっちゃんは何もしてへんて。ともかく、はよ編集長のとこ行こか。今日は契約の話やなんやかんやあるからね。まあちょっと眠たなるかもしれんけど、君らちゃんと最後まで起きときよ」

三崎さんは笑いながらそう告げると、僕たちを先導する形で、編集部内をまっすぐに歩き始めた。

僕と由那は思わず顔を見合わせると、笑顔で一度頷く。そして前を行くずんぐりとしたその背中を、僕たちは足早に追いかけていった。

第二十九話

真の狙いは勝利にあらず!? 漫画原作コンテストにおいて神楽先生が本当に欲しかったものは由那でもなく、原作権でもなく、全く別物であり、僕と津瀬先生が彼に宣戦布告した件についてようやく涼しさを感じるようになった太陽の下、僕は予備校の屋上で空に浮かぶ雲の数をゆっくりと数えていた。

うららかな日曜日の午後故に、僕はほんの少しの眠気に誘われ、思わずその両目を閉じそうになる。

「遅れてすまなかったね、昴くん」

背後からその声が掛けられたのは、数えた雲の数が三十過ぎとなった頃だった。

「僕も先ほど午前の講義が終わったところですから……って、え？」

待ち人に返事を行うため、ゆっくりと後ろを振り返る。

するとそこには、待ち人以外にもう一人の人物の姿が存在した。

「ふふ、こんにちは、黒木くん。昨日ぶりだね」

「神楽先生⁉」

そう、約束していた津瀬先生の背後。

そこにはモデルのようなスタイルをしたあの美青年の姿があった。

「彼から五年ぶりに私のスマホへ連絡が入ってね、君に直接お礼を言いたいとの事だったから、ついでに連れてきた。すまないな」

「いえ、お気になさらないでください。でも、お礼……ですか」

「ああ、いや、心配しないで。津瀬さんの世代で言う、お礼参りのつもりなんかじゃないから」

不安そうな僕の表情を目にしてか、神楽先生は冗談めかしてそう口にする。

途端、津瀬先生が嘆息をこぼした。

「私の時代にも既にお礼参りなど存在しなかった。あまり人を年寄り扱いしないでくれるかな。そろそろ、気になる年ごろというやつなのでね」

「これはこれは失礼しました。ともかく、君に負けたこと自体には納得しているんだ。だからまずは君の成功を祝福させてもらうよ。おめでとう黒木くん」

「……ありがとうございます」

少なくともお礼を言わない理由がないと思い、僕はペコリと頭を下げる。

それを目にして、神楽先生はニコリと微笑んだ。

「ふふ、結構。ああ、これはそう言えば、津瀬さんの口癖でしたね」

「さて、どうだかな。自分では気にしていないものでね」

「そうですか。まあそういうことにしておきましょう。ともかく、本題に入るとしましょうか。と言っても、君にお礼を言うだけですけどね」

そう口にすると、神楽先生はクスリと笑う。

一方、僕は改めて首を傾げずにはいられなかった。

「だからあの、お礼を言われる理由に身に覚えがなくて……」

「おやおや、本当にわからないのかい？　ということは、あれだけ完璧に後の先を取ってくれたのは、もしかして良い参謀が君についていたのか、それとも津瀬さんの仕業だったというわけかな？」

「君を手玉に取ってみせたのは、私ではない。編集者志望の彼の友人だよ」

神楽先生の意味のわからぬ問いかけに答えたのは、津瀬先生だった。

その言葉を受けて、神楽先生は右の口角を僅かに吊り上げる。

「なるほど。しかしその口ぶりだと、津瀬さんは気づいていたと言うわけですか」

「まあな。考え過ぎているのではと最初は思いもした。だがこうして彼にお礼に来たことで、今は確信を持っている。要するに、君の本当の狙いはコンテストでの勝利になかったということに関してね」

津瀬先生の口から発せられた思わぬ言葉。

それを耳にして、僕は虚を突かれると同時に、思わず目を見開く。

「え、コンテストの勝利が狙いではない……それじゃあなんのために？」

「コンテスト以外に目的があったからさ。つまり商業誌の購読者以外の住人がいるベコノべという空間において、地歩《ちほ》を固めるというね」

薄ら笑いを浮かべながら、神楽先生は堂々とそう口にする。

それに対し、津瀬先生は眉一つ動かすことなく、彼の本音を指摘してみせた。

「信者を増やすと言った方が、君的には正しいんじゃないか？」

「なるほど、僕の作品群を見てくださっているというわけですね。まあ要するに、そんなところですよ」

「あの……すみません、全く話が見えないのですが」

二人が繰り広げている会話の意味。

それが見えなかった僕は、直接津瀬先生に向かいそう尋ねる。

「ふむ、要するに彼が今回のコンテストに参加した目的は、漫画の原作権ではなく、ベコノベに登録している九十万の会員にこそあったということだよ」

「会員外のアクセスも加算すると、少なく見積もっても二百万と言ったところですかね、ベコノベを使用しているのは。実際にランキング上位の作品では、更新ごとに百万近いアクセスを稼いでいます。月間ではなく日間でですよ。これほどのサイトを、指を咥えたまま見ているわけにはいきません。少なくとも、僕が成すべきことを成すためには……ね」

膨大極まりない数を口にしながら、神楽先生は薄く笑う。

それに対し、僕はやや嫌悪感を覚えながらまっすぐに疑問をぶつけた。

「成すべきことですか。確かにベコノベ経由の作品は、売上もそこそこ安定しやすいと聞いていますが……では、貴方は自分の作品を売るためにベコノベに来たと、そういうわけですか？」

「ナンセンスだな。もちろん金銭のために行動を起こすことを否定はしない。ただ僕の目指すところは些か異なるものさ。つまり僕が目指すのは――」

「君が描く思想に、共感するものを探すため。違うかな？」

神楽先生の言葉を遮る形で、津瀬先生はそう告げる。

途端、神楽先生は右の口角を僅かに吊り上げた。

「へぇ、そこまで気づかれていたんですね」

「君の作品は一見するとエンターテイメントに徹しているようだが、端々に政治臭を漂《ただよ》わせすぎている。本気で今後同志を増やしたいのなら、自らの思想をもう少し作品の水面下に抑えておくべきだろうね」

「なるほど。ありがたいご忠告、参考にさせて頂きますよ」

軽く肩をすくめながら、神楽先生は津瀬先生の言葉に軽く頷く。

一方、その反応を目にした津瀬先生は、やや皮肉げに鼻で笑った。

「政治的な意図を秘めていることは、もはや隠す気もないわけだ」

「ええ。だからこうして、ノコノコとお礼に来たわけです。すでに僕の背後には、踏みつけられるしっぽなど存在しませんから」

津瀬先生の追及に対し、神楽先生は苦笑を浮かべながらそう答える。

だが津瀬先生は、そんな彼に対して間髪容れず一つの指摘を行った。

「そう言いながら、切り離すことができる便利なしっぽを、君は一本持っていたようだがね」

「……流石ですね。でも、あれが僕のしっぽなんて証拠はありませんよ。何しろ全てのデータは、運営に削除されて完全に消えてしまいました。もちろんベコノベ運営はログを残しているでしょうが、だからと言って何一つ問題はありませんからね」

軽く両腕を左右に広げながら、神楽先生はなんでもないことのようにそう口にする。

一方、聞き捨てならない彼の言葉に、僕は思わず口を挟んだ。

「ちょ、ちょっと待ってください。運営に削除されたって、それはもしかして『鴉』の事を言っているのですか」

「ふむ、僕の口からはなんとも言えないかな。でもこの場では君に敬意を表し、敢えて肯定も否定もしないでおくよ」

「それは正解だと言っているようなものだが？」

神楽先生の物言いに対し、津瀬先生はすぐさま直接的に切り込む。

それに対し、神楽先生はただただ意味ありげな笑みを浮かべるのみであった。

「はてさて、どうでしょうかね」

「あの……津瀬先生。一体、どういうことですか？」

神楽先生からこれ以上の事情を聞き出すことは困難と考え、僕は眼前のチューターに向かってそう問いかける。

すると彼は軽くメガネをずり上げ、そして思いもよらぬことをその口にした。

「昴くん。鴉の文章を見ていて、変だと思わなかったかい？　プロットは非常に優れているというのに、文章があまりにもお粗末だという事実に」

「あ、そう言えば……確かに背景がしっかりしているのに、なぜか文章が全然入ってこない感じがありました」

「そう、その通り。そしてそれは優れた別の書き手からプロットを手に入れていたからだ。だからいくら肉付けを試みようと、プロット作成者の力量に負けて、完成品は歪《いびつ》なものになってしまっていた」

「第三者？」

そこまで先生が話したところで、今まで静かに佇んでいた神楽先生が、少しだけ眉をひそめて言葉を発する。

「津瀬さん。どうせ言う気なら、はっきり言ったらどうですか」

「ふむ……少し引っ張りすぎたか。では、答え合わせといこう」

神楽先生の視線を受けながら、津瀬先生は気持ちを入れなおすように背広の襟《えり》を一度直すと、普段講義をしているように語り始める。

「鴉は優れたプロットを容易に手に入れられる環境にある人間であり、さらに複数アカウントを使用している反則者を一次選考通過させられる立場でもあった。さてこれらを総合すると、一つの仮説が導き出される。鴉と名乗っていた人物の中身は、『月刊クラリス』編集部の人間。それも神楽くん、君の編集者がもっとも疑わしい。まあほぼ確信はしているがね」

「神楽先生の担当編集者……まさか！」

津瀬先生の言葉をそのまま受け止めると、鴉の正体はたった一人の人物に辿り着く。

そう、士洋社の編集者である湯島さんということに。

もちろん正直言って、まさかという思いが僕の中に存在した。しかしながら、僕の眼前にいる青年は、その指摘を一切否定することはなかった。

「ふふ、相変わらずですね。収集したデータから推論を組み立てる貴方の能力は未だに惚《ほ》れ惚《ぼ》れしますよ」

「別に大したことではないさ。作品設定の作り方があまりに君に似すぎていた。それに気づけば、他のことは自然と見えてくるものだ」

「いやはや、肯定も否定もしませんが、やはり流石だと思います。もちろんここが公《おおやけ》の場なら、貴方の言葉をあっさりと否定するところですけどね」

苦笑を浮かべながら、神楽先生は遠回しに津瀬先生の指摘を肯定する。

一方、その事実を前にして、僕は信じられないという思いで口を開いた。

「ちょっと待ってください。本当に湯島さんがあの鴉だったってことですか？」

「ああ。たぶん彼にプロットをもらい、彼に勝てない程度の作品を作り上げ、そして複数アカウントで意図的にランキング上でのデッドヒートを演出してみせた。おそらくはそんなところだろう」

津瀬先生は鋭い視線を神楽先生へと向けながら、あのランキングの戦いの裏で行われていたそんな事象を淡々と告げる。

それを受けて、神楽先生はニコリと微笑んでみせた。

「実に面白い仮説ですね」

「十分に蓋然性《がいぜんせい》の高い説だと思わないか？　実際、鴉という存在があったおかげで、ベコノベにおいて君は比較的好意的に受け入れられた。普通はプロがアマチュアの場に土足で踏み込んだら、多少なりとも反発を受けても不思議ではないはずなのにね」

「むしろそれどころか、卑怯《ひきょう》な鴉と戦う正統派のプロとして、神楽先生は名を上げる形となっています……まさか本当に全て神楽先生の描いた絵だったと言うわけですか？」

津瀬先生の言葉に続く形で、僕は思わず疑問を口にする。

しかし当の本人は、軽くその視線を受け流した。

「全くわからないな。でも、もしそれが本当なら、とても良くできたシナリオだと思わないかい？　卑怯な複数アカウント使いと戦い、そして最後はベコノベの作者としのぎを削る。おそらく普通にコンテストが進行していくよりも、遥かに多くの人が僕たちに注目していただろうからね」

その神楽先生の意味ありげな言葉。

それを耳にした瞬間、僕の中でパズルのピースがハマった感覚を覚えた。

「ってことは、貴方と争ったこと自体に対し、僕に感謝を伝えに来た……つまりそういうわけですか」

「ふむ、それは認めようかな。いい勝負ができたことに感謝を覚えているのは事実さ。それに君には、ベコノベならではの面白い戦い方を見せてもらったからね。前作で君が取った手段と同様に、今回もコンテストが始まる前から君の戦略には期待していたんだ。そして実際、想像以上のものを見せてくれた。実に有意義なコンテストだったよ」

神楽先生は僕に向かい、全く邪気のない顔でそう告げてくる。

一方、その言葉の中に含まれた真の意図に気づいたところで、僕はほんの少し胸の内が波立つ感覚を覚えた。

「それってつまり、あの図書館の時に楽しみだって言ってくれたのは、僕の作品の中身ではなく、投稿戦略だったと……そういうことですか」

「正直、あの段階ではね。ああ、怒らないでくれよ。今は君の作品のことも当然評価している。まさか小説を書き始めて四ヶ月の高校生に、僕が負けるとは思わなかった。いくら君のホームだとしてもね」

神楽先生はひょうひょうとした態度を見せながら、僕の視線を感じ取ったからか、そんな言葉を向けてくる。

すると、僕と神楽先生の間の微妙な空気を察したのか、津瀬先生が横から口を挟んだ。

「要するに、今は彼のことを脅威だと思っているというわけだな」

「もちろんですよ。僕は敗北者ですから。だから喜んで認めます。彼のことを僕のライバルだとね」

神楽先生の余裕に満ちた表情のまま放たれたその言葉。

それに対し、僕ははっきりと拒絶を示した。

「結構です」

「そう言わないでくれ。お互いにとって実に有意義なコンテストを戦った仲じゃないか」

そう口にしながら、神楽先生は僕の肩をポンと叩く。

それに対し、僕が嫌悪感を示すより早く、津瀬先生が深い溜息を吐き出した。

「お互いにとって有益……なるほどそういうことか。つまり今回のコンテスト、君には負けのない戦いだったと言うわけだな」

「ええ、その通りです。だから君は勝負に勝ち、そして僕は自分の目的を果たした。言うなれば、お互いに勝利を得たのと同義なわけですよ。所謂《いわゆる》あなたの言う、実に結構な話というやつですね」

「それは違うな」

津瀬先生は神楽先生の言葉を耳にするなり、間髪容れることなく、バッサリと切り捨てる。

それに対し、初めて神楽先生はその顔に浮かべた笑みを消失させた。

「違う？　何が違うと言うのですか？」

「ルールの隙間と裏側を突くようなやり方で、利益だけを掠《かす》め取るのは、結構などとは言えないな。そんな生き方を続けるつもりなら、君は決して兄を超えることはできないよ」

「……貴方に兄のことがわかると？　よりによって、兄を潰したあの貴方が？　はは、実に面白い冗談です」

冗談などと口にしながら、その顔は一切笑っていなかった。

だがそんな彼の変化に動じることなく、津瀬先生は淡々と僕の知らぬ人物の名を口にする。

「エンターテイメントからの政治変革など、光一《こういち》は望んでいないさ」

「望んでいない……ですか。どうも、私の中の兄の姿と、貴方の中の兄の姿にはズレがあるようですね」

「たとえ現存する人物のことでさえ、それを目にする人物の角度やバイアスで、捉え方など如何ようにも変容するものだ。ましてや、人の心の中にしか存在しない人物のことなら尚更な。つまり、君の胸のうちにあるのはただの妄執《もうしゅう》さ。早くそんなもの捨て去ったほうが良い」

はっきりと、しかし一切妥協せぬ強さを持って、津瀬先生は神楽先生に向かいそう勧告する。

途端、神楽先生の自嘲気味な笑い声が屋上に響き渡った。

「捨て去る……はは、ありえませんね。もしどうしてもと言うのなら、貴方が止めてみればいいじゃないですか？」

「良いだろう。ベコノベに投稿した作品を出版した段階で、今後は研究者に専念するつもりだったが気が変わった。歪んだ君の目的が達せられることなどないことを、私が示してみせよう。君の作品をねじ伏せることでね」

そう口にすると、津瀬先生はメガネを外し、真正面から神楽先生を睨みつける。

それに対し、神楽先生は右の口角を吊り上げ、ゆっくりと二度首を縦に振った。

「良いですね、実に良い。それでこそ津瀬さんだ。先生、今すごく良い顔をしていますよ」

「実に結構。もはや教え子ではない人物に向けるのには、最適な表情ということだ」

神楽先生の物言いを鼻で笑いながら、津瀬先生は一切その視線を動かすことはなかった。

そんな二人のやり取り。

それを最も間近で目にしていた僕は、首を二度左右に振り、はっきりと宣言する。

「待ってください、先生。神楽先生に勝つのはこの僕です。もう二度と、彼の好きなようにはさせません」

目の前の青年にどんな事情があるのかなんて知らない。

だけど僕にも決して譲れないものがある。

僕に新たな道を示してくれたベコノベ。

それを踏み台にしか見ていない青年に、絶対に好きにさせたくはなかった。

「へぇ、面白いね。君もそんな表情できるんだ。ふふ、良いでしょう。次は勝利を第一の目的としましょうか。その上で、この僕に勝てると思うのなら、いつでもあなた方の勝負をお受けしますよ」

「結構……たとえ君がプロとしての先輩だろうが、私は譲るつもりはない。きっと彼もな」

「もちろんです。次はあらゆる意味において、完全に貴方に勝ってみせます」

津瀬先生に続く形で、僕は拳を握りしめながら、はっきりとそう宣言する。

それを受けて、神楽先生は嬉しそうに笑った。

「あらゆる意味か……はは、良いでしょう。では、目的としていた感謝も告げましたし、今日のところはこれにて失礼するとします。津瀬さん、そして黒木くん。また近いうちにお会いしましょう。もちろんお互いの最高の作品を競わせる形で」

第三十話

エピローグ!?　第二文芸部室にて偶々二人きりとなった僕と由那。プロとして商業の舞台で神楽先生に勝つと由那に宣言した僕に対し、由那は僕に向かって自らの思いを告白してきた件について日曜日の夕方。

僕は約束していたこの場所へと足を運んでいた。

第二文芸部室でもあり、由那の自宅でもあるこのタワーマンションの最上階に。

「夏目は？」

「バイトが長引いてるから遅れてくるみたいだよ」

先ほどから落ち着きない由那に首を傾げつつ、僕は彼女の問いかけに対してそう答える。

すると、どこか上の空の調子で、彼女は相槌《あいづち》だけを返してきた。

「そうなんだ。へぇ……」

「そう言えば如月さんは？」

由那の様子に違和感を覚えながらも、今度は逆に僕が彼女へとそう問いかける。

「あの子は図書館に寄ってから来るって言ってたんだけど……たぶんいつものやつね」

「ということは、出会っちゃったか……」

如月さんが好みの本に出会うと、しばらくは本を手放せなくなり、その場から一歩たりとも動かなくなる。

下手をすると、呼吸をすることさえ忘れているんじゃないかと思うその姿に、僕は最初戸惑いを覚えていた。もっとも今となっては、遅刻確定だと判断する材料としか解釈しなくなってしまったが。

「本が絡まなければ、素直ないい子なんだけどね」

「まあ、仕方ないよ。何しろこんな僕たちの部長なんだからさ」

僕は苦笑を浮かべながら、由那に向かってそう告げる。

途端、由那の表情が僅かに歪み、ほんの少しばかり棘のある声が僕へと向けられた。

「こんな僕たちって……なんかその言い方だと、私たちが普通じゃないみたいに聞こえるんだけど？」

「はは、そうかな？」

「少なくとも私は普通……だと思う」

ほんの少しだけ自分でも迷いがあったのか、由那の言葉は若干歯切れが悪かった。

そんな彼女に向かい、笑いながら望まぬ別の例を告げる。

「はは、そうかもね。もっとも、優弥もたぶん同じことを言いそうだけど」

「ちょっと、あいつと一緒にしないでよ。その普通って、世間一般の普通とは違う意味になるじゃない。それに人のことばかり言うけど、昴も同類なんだからね」

「同類か……そうかもね」

僕は彼女の言葉を特に否定することなく受け入れる。

すると、由那はやや心配げな眼差しを僕へと向けた。

「今日、何か変よね。昴、予備校で何かあったの？」

「ちょっと神楽先生と……ね」

ポーカーフェイスに定評がない事は理解していたものの、あっさりと内心を由那に指摘されたが故、僕は苦笑交じりにその名を告げる。

「なに、またあいつ何かしたの？」

「津瀬先生とともにあの人に宣言しただけだよ。今度は完全に貴方に勝つってね」

「え……マジで」

「うん、いやマジだけど。あんまり良い言葉遣いじゃないよ、由那」

以前優弥から受けた指摘を、形を変えて僕は彼女に行う。

しかしそんな僕の言葉を、彼女はバッサリと切り捨てた。

「そんなことはどうでもいいの。それよりも、なんでそんな話になったのよ」

「ベコノベを踏み台として見られたのが悔しくて、つい……ね」

僕はそう口にすると、誤魔化すように軽く頭を掻く。

それに対し由那は、真顔で僕に向かい口を開いた。

「昴、今回は相手がベコノベをアウェイとしていたからどうにか勝てた……でも次は、状況が違うと思うわ」

深刻な色彩を帯びた彼女の声。

それは間違いなく僕への気遣いに満ちたものであった。

でも、そんな彼女の言葉に対し、僕は首を左右に振る。

「でもね、由那。これからプロ作家として生きていくと誓《ちか》った以上、常に上を目指して戦っていきたいんだ。やるからには中途半端にはせず、いつも全力で結果を求めたい。だからこそ、僕は神楽先生に勝ちたい」

父さんからいつも言われ続けていた言葉。

そしてサッカー部時代からいつも自分に言い聞かせ続けてきた言葉。

常に結果を求めるために、前へと踏み出す勇気を僕は持ちたいと思っていた。

そして今、僕にははっきりとした目標がある。ベコノベ出身ということに誇りを持って、あの人に勝つという目標が。

「本気なのね」

「うん。ベコノベを代表するなんて言うつもりはないし、背負うつもりもないよ。でも、あのサイトは僕を救ってくれたんだ。それどころか、このポンコツになった左足の代わりを、つまり僕に夢を与えてくれた。だからそれを踏み台としか見ていないあの人に負けたくはない。だからさ、由那。力を貸してくれないかな？　僕には、君が必要なんだ」

優弥も、如月さんも、そして由那も。

今回の戦い、漫画原作コンテストにおいて、僕はかけがえのない絆《きずな》というものに気づくことができた。

だから、僕はまっすぐに彼女を見つめながら、その想いをはっきりと口にする。

すると彼女は、その瞳に僅かにイタズラっぽい色を浮かべた。

「嫌よ」

「えっ？」

思いもしない返答に、僕は思わず間の抜けた声を上げてしまう。

「改めて言うわ。嫌なの。私は昴にとって、ただ作品を一緒に作っていく仲間ではいたくないの」

「どういうこと？」

頭の中が疑問符で埋め尽くされ、僕は彼女に向かってまっすぐにそう問いかける。

だが彼女は、今度は少し怒ったような表情で僕に返答した。

「昴！　昴にとって、私は何？」

「え？　何って、一緒に作品を作っていく仲間で、友達で……」

「そっか。昴にとってはそうなのね。でも、私はちょっと違うか……なっ」

由那は急に走り始めると、部屋のカーテンを思いっきり開いた。

窓からは西日が差し込み、部屋の中をセピア色に照らし出す。

由那は窓の前に立ち、そんな夕日を背にしながら、僕に向かい口を開いた。

「昴は今回、いっぱいいっぱい頑張ったよね。だから、今日は私が頑張る番」

「由那？」

彼女の頬は、少し赤く色づいているような気がする。けれど、それは西日のせいかもしれなかった。

とにかく、彼女が何か重要な事を、とても大きな決心で言おうとしている。

それは僕にもわかった。

だから、僕はそれ以上敢えて何も言わず、彼女の言葉を待つ。

「昴は私にとって、一緒に作品を作っていく仲間。そして、私をこの檻から出してくれた、ファンタジスタ、そして……そして……」

彼女の緊張が伝わってくる。

「言うのよ、由那。拒絶は怖くない……私はもう檻から出たのだから……きっと駄目でも、また一人になっても、きっと大丈夫。だから……だから……」

由那はうつむいて何かを呟いていた。彼女がしようとしていることは僕にはわからない。

夕日がとても綺麗に、街と彼女を照らし出し、辺りはまるで時間が止まったようにさえ思われた。

そしてそんな止まった時は、彼女の言葉と頬を伝う涙とともに動き始める。

「昴……怖いね。人に何かを伝えるのって、こんなに怖いんだって、こんなに切ないんだって。私知らなかった。昴、私はね、私は……音原由那は、あなたが、黒木昴が好きです」

突然の告白。

それはあまりに突然過ぎて、あまりにまっすぐなものだった。

思考は停止し、真っ白になってしまった僕の脳裏。

だが、まったく考えることも身動きすることもできなくなった僕に向かい、彼女はゆっくりと歩み寄ってくる。

そして彼女は立ち尽くす僕の胸にそっと顔を埋《うず》めた。

どう言えばいいか、何を言えばいいのかわからなかった。

でも何かを言わなければいけないことだけはわかる。

だから僕は――

「はい、私の話はおしまい」

開きかけた僕の唇は、彼女のその言葉によって遮られる。

そして同時に、彼女はニコリと微笑みながら僕から距離をとった。

「返事はさ、いつかまたでいいよ。だって私は、昴のことをとても良く知ってるから。私のファンタジスタは、今は小説のことで頭が一杯で、恋愛のことなんて考えたことありませんって」

「由那、僕は……」

答えなければ。

そう、僕の中にもう答えはあった。

彼女と服を買いに行って、手を繋《つな》いだ時。

その時に僕の心に初めて湧き上がった、名前のない感情の正体。それが、今ならはっきりとわかる。

「コーヒー、淹《い》れるね」

「待って、由那。僕は」

キッチンに行こうとする彼女の手を取る。少しだけ左足が重かったけど、僕はなんとか彼女の左手を捕まえた。

「由那、僕も……」

けれどその言葉は、最後まで紡ぐことができずに終わった。

何故なら、その絶妙のタイミングで、マンションのインターホンが鳴ったからだ。

「おーい、開けてくれ。偉大なるお前たちの敏腕《びんわん》編集者様が、わざわざ原稿をチェックしに来てやったぜ」

聞き覚えのある声。

まったく空気を読まず、それでいて彼らしいこと極まりない。

それを耳にした僕らは、お互いの顔を見合わせると可笑《おか》しくなって笑ってしまった。

こんなタイミングでやってくるなんて、まるで小説みたいだって。

彼女もそういう風に思ったかどうかはわからなかったけど、でもその時は、なぜだか由那も同じように思ったように僕は感じていた。

「はいはい、今開けるわよ、編集者様」

由那は僕の手を引きながら、玄関先に向かい駆け出す。

彼女の華奢《きゃしゃ》な細い手。

そこから彼女のぬくもりがはっきりと僕に伝わっていた。

ベコノベに出会わなければ、決して交わるはずのなかった点と点、線と線。

でも、こうして重なることができて、ともに肩を並べることができて本当に良かった。

このポンコツの左足はもう満足に動かないけど、みんなと一緒なら、そして何より彼女と一緒なら、どこまでも駆け抜けて行ける気がする。

さあ、新たな扉を開こう。

あの日描いた夢を摑み取るために。

あとがき

人工知能に物語は書けると思いますか？

昨年、とある文学賞で人工知能が一次選考を通過したことが話題となりました。

このネット小説家になろうクロニクルを書き始めてから、そのことがずっと頭の片隅を占めていて、冒頭の問いが今まさに一番興味の尽きない津田の疑問となっています。

実はこの作品を書く為に、ネット小説投稿サイトを統計的に解析したデータをいくつか目に通す機会がありました。その上で、この流行の移り変わりの早いネット小説の世界こそ、人工知能のリアルタイムな情報収集能力が作品作りに最適な環境なのではないかと、そう考えずにはいられませんでした。

つまり人々の興味や感心をポイントやランキングとして数値化し易いネット小説の特異性故に、このネット小説投稿サイトという場でこそ、人工知能の優位性が如実に表れるのではないかという仮説です。

そしてそうやって人工知能が作り上げた作品。そこに作品としてのテーマ性やそして文章に込められた魂が存在するのかを含め、実に興味深い気がしています。

ちなみに僕は案外、そこに魂を感じる気がしているのですが、はてさてどうでしょうか？

何《いず》れにせよ、ネット小説投稿サイトが一つの潮流として存在する現在において、その次の潮流として人工知能が新たな書き手として台頭してくる未来が存在するかどうか、まさに興味が尽きないところです。

ですので、もし五年後……いや、十年後この作品を偶然手にしたり、ふいに思い出してこのあとがき目にすることがあれば、こう問いかけさせて下さい。

そこに新たな書き手は生まれていますか?

以上、あとがきと称したタイムカプセルでした。それでは最後に関係各位に感謝を。

分析を含めいつも作品作りを手伝って下さるラストラ様、素敵なイラストで作品に輝きを与えて下さったフライ先生、前回に引き続き作中などに友情出演(?)して下さった作家仲間の皆様、作中の編集パート含め足りない多くを補って下さった編集の太田様、そして石川様、また小説家になろうの読者の皆様、書店で当作品を手にとって下さった皆様。

皆様のおかげでこの作品は存在します。この場をお借りして深く感謝申し上げます。

二〇一七年二月吉日　津田彷徨

本書は、小説投稿サイト「小説家になろう」に掲載されている同名作品を、改稿、加筆修正して出版したものです。

Illustration フライ
Book Design 百足屋ユウコ(ムシカゴグラフィクス)
Font Direction 紺野慎一

使用書体
本文1———A-OTF 秀英明朝 Pr5 L＋游ゴシック体 Std D〈ルビ〉
本文2———I-OTF 明朝オールド Pr6N R
本文3———FOT-筑紫B明朝 Pr6N L
本文4———凸版文久ゴシック Pr6N R
柱———A-OTF 秀英明朝 Pr6 L
ノンブル———ITC New Baskerville Std Roman

星海社
FICTIONS
ツ3-02

ネット小説家《しょうせつか》になろうクロニクル 2 青雲編《せいうんへん》

2017年 2 月15日　第 1 刷発行　　定価はカバーに表示してあります

著　者 ―――――― 津田彷徨《つだほうこう》

発行者 ―――――― 藤崎隆《ふじさきたかし》・太田克史《おおたかつし》
編集担当 ―――――― 太田克史
編集副担当 ―――――― 石川詩悠《いしかわしゅう》
発行所 ―――――― 株式会社星海社
〒112-0013 東京都文京区音羽 1-17-14 音羽 YK ビル 4F
TEL 03(6902)1730　FAX 03(6902)1731
http://www.seikaisha.co.jp/

発売元 ―――――― 株式会社講談社
〒112-8001 東京都文京区音羽2-12-21
販売 03(5395)5817　業務 03(5395)3615

印刷所 ―――――― 凸版印刷株式会社
製本所 ―――――― 加藤製本株式会社

ISBN978-4-06-139962-4　N.D.C913 376P.　19cm　Printed in Japan

SEIKAISHA

星々の輝きのように、才能の輝きは人の心を明るく満たす。

その才能の輝きを、より鮮烈にあなたに届けていくために全力を尽くすことをお互いに誓い合い、杉原幹之助、太田克史の両名は今ここに星海社を設立します。

出版業の原点である営業一人、編集一人のタッグからスタートする僕たちの出版人としてのDNAの源流は、星海社の母体であり、創業百一年目を迎える日本最大の出版社、講談社にあります。僕たちはその講談社百一年の歴史を承け継ぎつつ、しかし全くの真っさらな第一歩から、まだ誰も見たことのない景色を見るために走り始めたいと思います。講談社の社是である「おもしろくて、ためになる」出版を踏まえた上で、「人生のカーブを切らせる」出版。それが僕たち星海社の理想とする出版です。

二十一世紀を迎えて十年が経過した今もなお、講談社の中興の祖・野間省一がかつて「二十一世紀の到来を目睫に望みながら」指摘した「人類史上かつて例を見ない巨大な転換期」は、さらに激しさを増しつつあります。

僕たちは、だからこそ、その「人類史上かつて例を見ない巨大な転換期」を畏れるだけではなく、楽しんでいきたいと願っています。未来の明るさを信じる側の人間にとって、「巨大な転換期」でない時代の存在などありえません。新しいテクノロジーの到来がもたらす時代の変革は、結果的には、僕たちに常に新しい文化を与え続けてきたことを、僕たちは決して忘れてはいけない。星海社から放たれる才能は、紙のみならず、それら新しいテクノロジーの力を得ることによって、かつてあった古い「出版」の垣根を越えて、あなたの「人生のカーブを切らせる」ために新しく飛翔する。僕たちは古い文化の重力と闘い、新しい星とともに未来の文化を立ち上げ続ける。僕たちは新しい才能が放つ新しい輝きを信じ、それら才能という名の星々が無限に広がり輝く星の海で遊び、楽しみ、闘う最前線に、あなたとともに立ち続けたい。

星海社が星の海に掲げる旗を、力の限りあなたとともに振る未来を心から願い、僕たちはたった今、「第一歩」を踏み出します。

二〇一〇年七月七日

星海社　代表取締役社長　杉原幹之助
代表取締役副社長　太田克史

☆星海社FICTIONS
30歳のルーキー《ニート》、
戦場に立つ!
PMSC™s
Private Military and Security Companies
芝村裕吏
YURI SHIBAMURA
MARGINAL OPERATION
マージナル・オペレーション
ILLUSTRATION
しずまよしのり
ニートが選んだ新しい人生《オペレーション》は、年収600万円の傭兵稼業。
新たな戦いの叙事詩《マーチ》は、ここからはじまる――。
新鋭・キムラダイスケによるコミカライズ、
『月刊アフタヌーン』にて連載中。
新たなる英雄譚を目撃せよ。

☆星海社FICTIONS
伊吹契×大槍葦人が贈る“未来の童話”——
アリス+エクス+マキナ
ALICE EX MACHINA
高性能アンドロイド・アリス——
その普及に伴い、彼女たちの人格プログラム改修を行う“調律師”たちも、
あちこちに工房を構えるようになっていた。
ある日、調律師である朝倉冬治の工房に、
15年前に別れた幼馴染と瓜二つの顔を持つ機巧少女《アリス》が訪れる。
ロザと名乗る彼女は一体何者なのか。何故工房に現れたのか……。
哀しくも美しい機巧少女譚《アリス・メルヘン》がはじまる。
星海社FICTIONS新人賞を受賞した
第一巻、全470ページを
星海社WEBサイト最前線にて公開中
http://sai-zen-sen.jp/awards/alice-ex-machina/